대한민국헌법 제1조 1항

대한 民국은
순시리 공화국이다

대한민국헌법 제1조 1항

대한民국은
순시리
공화국
이다

박그네 지음

서교출판사

대체 왜 그랬을까?

이 책은 이런 사소한 의문으로부터 시작되었다.

아무리 생각을 해봐도 어느 것 하나 납득이 안 되는 상황뿐이었다.

소위 정책이라는 게 그랬고

대통령이라는 사람의 말 한마디 한마디가 그랬다.

그가 멀쩡한 국민을 옥박지를 때 쓰던 말처럼,

혼이 비정상이 되지 않고는 도무지 저 사악한 퍼즐의 빈칸을 채울 도리가 없는 것이다.

세상 그 어떤 풍자, 어떤 패러디가 작금의 현실을 넘어설 수 있을까.

시시각각 드러나는 충격적인 사실에
이게 나라냐!
분노마저 허탈할 따름이지만,
어쩌다 웃음을 잃은 사람들에게 잠시나마 위로
가 될 수 있다면
책을 펴내는 마음도 조금은 가벼워질 수 있을까.

지은이

21세기 모년 모월 모일 모시.

성형외과 의사 K는 그날따라 상태가 매우, 많이, 아주 심각하게 메롱하였다.

전날 과도한 음주가무 가무의 마무리로 투여한 졸피뎀 때문일 수도, 어쩌면 갑작스런 모처의 호출에 응하느라 지끈거리는 머릿속을 달래고 피로도 풀 겸 마늘주사며 비타민 주사며 온갖 신묘한 성분이 듬뿍 들어간 주사제를 투여한 때문일지도 모른다.

어쨌든 K는 그네들이 지정한 시각에 맞춰 작업을 시작할 수 있었다.

언제나 그네들은 시간이 없다고 했다.

덩달아서 K도 언제나 시간이 모자랐다.

　철저한 보완을 필요로 하는 일인 만큼 옆에서 도
와줄 간호사도 없다.

　두 여자를 예뻐지게 하는 기술은 오롯이 K 혼자
만의 몫이다.

　혼술하고 혼밥하는 게 대세인 시대에 혼시술이
문제랴.

　난이도가 높은 작업이라 보수가 짭짤한 건 기본,
장차 자신의 손에 쥐어질 특혜 또한 어마무지할 것
에 대한 기대가 기분을 달뜨게 만들었다. 그래서 K
는 오늘도 보람차게 손수 무거운 의료 가방을 들고
다니는 번거로움을 기꺼이 감내하였다.

　시작은 아주 작은 착오에 불과했으리.

따끈하게 데워진 두 개의 물침대에 두 여자가 누워 있었다.

  K는 익숙한 동작으로 가방을 열었다.

  이번에 처음으로 선보일 시술은 영원히 변치 않는 외모에 집착하는 그네들만의 로망을 실현시키기 위한 것이었다.

  늙음에 대한 공포가 남다른 그네들은 몇 달만 지나면 고친 데 또 고치는 평범한 성형보다는 뭔가 파격적이고 안정적인 시술을 요구했다.

  마침내 K가 자신의 VVIP들에게 딱 알맞은 맞춤형 주사제를 비밀리에 입수하여 그네들의 소원성취라는 마술을 시행하려는 순간이다.

  "금방 끝납니다."

K는 말똥말똥한 눈으로 자신을 바라보고 있는 그네와 순시리를 안심시키고 마취제를 투여한 뒤 본격적인 작업에 착수하였다.

　바야흐로 그네들이 '나무자비조화불'을 암송하면 그토록 소원하던 기적 같은 일이 벌어질 것이다.

　"수고하셨습니다."

　이윽고 작업을 마친 K는 약에 취해 잠든 그네들에게 만족스러운 얼굴로 배꼽인사를 마친 뒤 유유히 모처를 빠져나왔다.

　'이거 아무래도 뭔가 찜찜한데, 설마?'

　한편으로는 이런 말도 안 되는 의심이 들긴 했으나 K는 아직 술이 덜 깬 탓으로 돌리고 단골 마사지 숍에 가서 묵은 피로를 풀었다.

그로부터 7시간이 지났다.

　그네들이 잃어버린 7시간은 전대미문의 엽기적
이고 참담한 창조적 현상을 창출해냈으니,

　"오마나! 내 얼굴이 어째서 가카 언냐한테 간 거
야!"

　"순시라! 니가 어째서 내 얼굴을 하고 있니?"

　두 여자가 서로를 마주보면서 입에 거품을 물었
다.

　K의 의심은 합리적이진 않으나 매우 타당한 것
이었다.

　스스로 노련하고 완벽한 의사라고 자부했던 그가
어마어마한 잠깐의 실수로 언니가 동생 얼굴을 뒤
집어쓰게 되고 동생은 언니 얼굴을 장착하게 되는

해괴한 사고를 치고 만 것이다.

경천이 동지하고도 모자라 죽은 그네들의 아비가 지하에서 벌떡 일어날 만큼 어처구니가 없는 사태가 벌어졌으나 이미 상황은 엎질러진 물이고 속수무책 빼박켄트라, 피보다 진한 물로 맺어진 이 자매들에겐 울고불고 할 시간도 없었다.

그네들은 빠르게 현실을 받아들였다.

결국 순시리는 가카의 탈을, 가카는 순시리 탈을 쓰고 일국을 통치하게 되었으니 이후의 일들은 모두가 아는 바와 같이 엉망진창이 되고 말았다.

순시리가 가카고 가카는 순시리로 얼굴만 바뀐 상황이니 청와대 사는 순시리가 썼다고 알려진 연설문은 실제로 가카가 쓴 게 맞는데 누군들 이 엄청난 반전을 감히 상상이나 했을까마는, 본인들로선 어디 가서 속 시원히 말도 못하고 복장이 터질 노릇인 것이다.

심지어 가카는 평소 자신의 피부와도 같다고 주절대던 참모진에게도 이 사실을 철저히 숨겼다. 얼굴이 바뀌었든 말든 청와대 주인 자리에 앉아 있는 건 순시리 아닌가. 그리하여 참모들이 그네들의 비밀을 알게 되면 당장 칼자루를 쥐고 있는 순시리 편에 설까 전전긍긍하느라 입이 있어도 말을 못하는 수밖에 없었다.

지적수준을 따지자면 어차피 순시리나 그네나 도

긴개긴, 국정농단이든 농간이든 누가 하든 무슨 상
관이랴.

그러나, 마침내 터질 게 터지고 말았다.

그네들이 원 플러스 원으로 대통령질을 하면서
저지른 죄악이 세상에 알려지면서 대한민국이 통
으로 기절 지경에 이르렀고 전 세계가 기이한 눈으
로 대한민국을 주시하였다.

순시리가 매스컴에 노출되자 비포 애프터 사진
을 비교하며 '대역설'을 주장하는 사람들이 있었
지만, 그들 가운데 누구도 그네가 진짜 순시리가
아닐지도 모른다는 끔찍한 반전을 감히 상상도 못
하고 있을 뿐이다.

엽기적이고 황당한 소설의 한 토막을 이루는 그

네들의 국정 농단 푸닥거리 행각은 이미 세간의 상상을 초월하고 있다.

무엇이 진실이면 어떻고 그 어떤 황당한 코미디가 더 펼쳐지든 달라질 게 무엇이랴.

권력의 망상에 찌든 환자들이 나랏꼴을 이 지경으로 만든 칠푼이 공화국에서 밥 먹기조차도 부끄러울 따름이다.

차 례

서문 | 아니, 어째서, 이런 일이
프롤로그 | 설마? 혹시? 그럴 리가?

1 나쁜, 이상한, 미친 X들

적반하장 | 025

첨단 수첩 | 026

순시리의 착각 | 027

800억의 비밀 | 029

외계인이 나타났다 | 031

순시리의 편지 | 033

담배 값 | 035

그네의 독백 | 037

토 달지 마세요. | 039

한국말 모르세요? | 040

그네가 장관들과 독대를 못하는 이유 | 041

짬뽕인사 | 043

탁월한 선택 | 045

광화문에 간 그네 | 048

착각도 야무져 | 050

대한민국 거짓말 톱 15 | 051

국민 대통합 | 052

그네와 짜장면 | 054

그걸 말이라고 | 056

저절로 생기는 거 | 057

이 사람 아직도 있어요? | 058

2 대통령도 원 플러스 원

순시리가 두 번 기절한 사연 | 063

순시리가 뭘 했다고? | 065

범인 은거지 | 066

배후 세력 | 068

대학 졸업 논문 | 069

순시리 생각 | 070

두 마디 | 071

그만 혀 | 073

바로 '너' | 075

건배사 | 076

그네는 주사를 좋아해 | 077

편식 | 078

그네가 가져서는 안 될 두 가지 | 079

정신 차려 | 080

쫌! | 081

원 플러스 원 | 082

우리나라 최고의 명문 특수 고등학교 | 083

어느 수험생의 소원 | 084

먹는 게 남는 거 | 085

마스크 | 086

서~면 보고 | 087

3 국민이 기가막혀

재활용 기자회견 | 091

순시리의 부동산 | 092

지구본 | 093

아르바이트 | 094

제 버릇 개 주랴 | 095

개명 | 097

순시리의 서시 | 099

개와 자명종의 대화 | 100

연설 준비 | 101

서열 정리 | 102

나도 일 좀 해야지 | 103

종북이 별건가 | 104

어떤 놈이 더 좋은지 | 105

일요일 | 106

독약 | 107

개인적 취향 | 108

소원을 말해봐 | 109

나라걱정 | 111

서울역에 간 그네 | 112

깜빡할 게 따로 있지 | 114

경고문 | 115

우린 급이 달라 | 117

4 순실이네 파란닭장

선거 공약 | 121

닭 중의 닭 | 122

주치의와의 대화 | 123

유체이탈 화법: 세금 | 124

유체이탈 화법: 공약 파기 | 125

유체이탈 화법: 민영화 | 126

불통국민 | 127

그네의 사랑가 | 128

좋은 소식과 나쁜 소식 | 129

여성 대통령의 사생활 | 130

그럴 줄 알았어요. | 131

취조실에서 | 133

세상에서 제일 안 좋은 바다 | 134

착한 어린이 | 136

횡단보도에서 | 138

비비빅 | 139

개: 초복 | 140

닭: 중복 | 141

개 혹은 닭: 말복 | 142

공짜 | 143

피사의 사탑에 대한 평가 | 145

5 순시리네 닭장 공화국

달라진 대한민국 헌법 | 149

특허 | 150

뛰는 놈 위에 나는 놈 | 151

티코 | 152

순시리의 무당끼 | 153

알지도 못하면서 까불어 | 155

순진한 검사 | 156

특기 | 157

오리발 | 158

피해자가 불쌍할 때 | 159

내가 제일 잘 나가 | 160

옥중일기 | 162

니 똥 내 똥 가릴 처지가 돼야 말이지 | 163

사랑은 변하는 거야 | 164

끝나도 끝난 게 아니다 | 166

감방 대필가 된 순시리 | 168

쇼핑 왕 순시리 | 169

대리로 독방에 간 순시리 | 170

앵벌이가 된 순시리 | 172

양계장에 간 순시리 | 173

능력자 | 175

세상에 이런 일이 | 176

사망진단서 | 177

6 하야가

도토리 키 재기 | 181

송금 | 183

그네가 폭발한 이유 | 184

삼행시 | 186

핑거 | 188

나도 피해자 | 189

드라마 좀 그만 봐 | 190

물을 걸 물어야지 | 191

노골적 사례 | 192

촛불을 끄는 법 | 193

이모할머니 | 194

황당한 답안 | 195

비행기에서 | 196

세계 어느 나라에도 없는 것 | 197

사람을 뭘로 보고 | 198

그럴 줄 알고 | 199

첩첩산중 | 200

하야는 대박 | 202

알림 | 204

알면서 뭘 물어? | 205

영어를 숫자로 배워서 | 206

연쇄 방화범 | 207

뚜껑 따위 필요 없어 | 209

심통도 정도껏 | 210

갸가 너여? | 211

귓속말 | 212

광화문 광장 시위대의 함성이 하늘을 찌르던 날
그네는 정신이 혼미한 가운데 선잠에서 깨어났다.

1장

나쁜, 이상한, 미친 X들

적반하장

청와대 그네가 가장 대화를 꺼리는 상대 가운데 으뜸은 손씨 성을 가진 모 방송국 앵커였다.

어찌나 질문이 예리한지 입만 열었다 하면 그네의 허점을 콕콕 짚어내기 때문이다.

하루는 그가 끈질기게 최태민 이야기를 물고 늘어졌다.

그분은 사이비 교주가 아니라 이 나라를 구원하러 오신 칙사이며 태자마마라고 아무리 설명해봤자 당최 씨알도 안 먹히는 것이다.

이번에도 손 앵커는 까도까도 끝이 없는 의혹을 집요하게 캐려고 들었다.

그러자 그네가 그를 표독스럽게 노려보면서 이렇게 물었다.

"병 걸리셨어요?"

첨단 수첩

모처럼 기자회견이 열렸다.

그날따라 그네는 수첩도 안 가지고 나왔다.

다들 웬일인가 싶었다.

질문이 시작되었다.

갑자기 그네가 가방에서 최신 테블릿PC를 꺼냈다.

화면을 질문자 앞으로 돌려놓고

PC를 켜니 화면에 빨간 펜을 쥔 손이 나타났다.

그네: 알파고 시대에 맞게 새로 생긴 저의 수첩이에요. 다
들 저라고 생각하고 질문들 허세요.

순시리의 착각

일본 총리 아베와 위안부 협상을 앞둔 시점이었다.

아베는 100억을 줄 테니 과거는 그냥 잊자고 했다.

그네는 생각했다.

'100억?'

이게 많은 건지 적은 건지 도대체 감이 안 잡힌 그네는,

통 짜리 크기로는 타의 추종을 불허하는 순시리한테 물어보기로 했다.

"순시라. 100이 적어, 많어?"

앞 뒤 다 자른 채 뜬금없이 묻는 말에 순시리는 퍼뜩 떠오른 생각이 있었다.

'아, 언니가 100억을 나한테 줄 모양이다.'

아무리 먹성 좋기로 정평이 난 순시리한테도 100억은 큰 돈이라 이렇게 말했다.

"언니. 100억은 큰돈이지."

순시리가 한 치의 망설임도 없이 그렇게 대답하자 그네는 더는 생각할 것도 없이 아베가 내민 문서에 덜컥 사인을 해버렸다.

송금은 1년 뒤.

그렇게 위안부 협상은 껌 값으로 끝나버리고 말았다.

한편, 딸내미 문제로 국정에 소홀하던 순시리는 아무 내막도 모른 채 오매불망 100억을 기다렸으나 돈이 안 들어오자 그네에게 넌지시 물어보았다.

"언니, 접때 그 100억 있잖아? 그거 언제…(줄 거야)?"

"아~그거 1년 뒤."

당장 딸내미 말도 사야 하는데, 아~씨~,

"언니는 무슨 일을 그렇게 해? 당장도 아니고."

순시리가 짜증을 내자 그네, 당황한 듯,

"아, 그게, 아베가 위안부 협상이라고 준다는 건데, 너무 큰돈이라 아베도 당장은 돈이 없나봐."

이 말을 듣고 거품을 물고 쓰러진 순시리.

앞으로는 더욱 국정을 단단히 챙겨야겠다고 다짐했다 한다.

800억의 비밀

신년이 되었다.

그녀는 각계각층의 인사들에게 어떤 메시지를 보낼까 고심하였다.

특히 대기업 총수들에게는 경제가 어렵다는 핑계로 강력한 메시지를 보낼 필요가 있었다.

그녀는 국정 파트너인 순시리에게 자문을 구했다.

두 닭대가리한테서 무슨 좋은 생각이 있을 리 만무했다.

새벽까지 머리를 싸매고 고민을 해도 떠오르는 게 없었다.

먼동이 트고 멀리 북한산 자락에 있는 산사에서 새벽 예불 종소리가 들렸다.

이때, 순시리에게 좋은 아이디어가 떠올랐다.

일테면, 뭔 소린지는 몰라도 '무념무상' '무소유' '공수래 공수거' 이런 말이 왠지 고급지게 다가오는 것이다.

"언니, 마음을 비우고 더욱 국정에 전념하겠다는 뜻으로 빈 봉투로 보내면 어때?"

역시 닭대가리끼리는 한방에 머리가 통했다.

대기업 총수들은 빈 봉투를 받고 의아했다.

무슨 뜻인지 도무지 알 수가 없었다.

자기들끼리 은밀하게 의견을 나눠보기도 했지만 다들 속만 꺼멓게 탈 뿐이었다.

그러던 중, 우연히 어떤 꼬마가 두 손바닥을 벌름거리면서 '봉투~ 봉투~ 열렸네~.' 하며 세뱃돈 타는 모습을 목격하게 되었다.

아하, 이거다. 드디어 빈 봉투의 비밀이 풀린 것이다.

그리고는 800억 원이라는 돈이 걷혔다.

외계인이 나타났다

  광화문 광장 시위대의 함성이 하늘을 찌르던 날,

  그네는 정신이 혼미한 가운데 선잠에서 깨어났다.

  사람들이 자꾸만 자신의 이름을 외쳐 부르는 것만 확실히 들리고

  그 뒷말은 뭐라고 하는지 알 수가 없었다.

  불안해서 창가로 다가간 그네는 망원경으로 바깥을 내다보았는데,

  촛불을 든 엄청난 인파 중 외계인 몇몇을 발견했다.

  실상은 외계인으로 분장한 시위대인데 다급한 그네 눈에는 우주인으로 보인 것이다.

  "아, 간절히 바라면 우주가 도와준다는 말은 진실이었

어!"

그네는 드디어 우주에서 자신을 구하러 외계인을 보낸 것이라 믿고

놀란 가슴을 쓸어내렸다.

그러다 외계인이 들고 있는 피켓을 본 순간 그네는 그만 기절하고 말았다.

피켓에는 다음과 같은 경고문이 씌어 있었다.

"그네야, 우주 팔아먹지 마라. 뒈지는 수가 있다."

순시리의 편지

언니.

지금 나는 구치소 감방 매트리스에 누워 있어.

이런 거지같은 방에서 사람이 생활한다는 게 믿겨져?

게다가 밥 먹은 설거지도 나더러 하라네.

참 나, 어이가 없어서.

밖에서 사람들이 '이게 나라냐'고 떠드는 것도 막 이해가 되지 뭐야!

화장실도 아주 엿 같아.

비데도 안 되고 휴지는 두루마리를 주더라고.

내가 이러려고 비행기를 탔나, 자괴감 들고 괴로워서 잠이 안 오지만,

한편으론 오길 잘했다는 생각이 들어.

독일에서 돈 세탁 혐의로 잡혔으면 종신형은 따 놓은 당상인데

우리가 같은 하늘 아래 숨 쉬고 있다는 게 얼마나 다행인지 몰라.

언니.

난 있잖아.

여기 와서 '우리'라는 말이 얼마나 쓸모가 있는지 알았어.

나라꼴이 개판된 거 다 우리 둘이 이렇게 만든 거잖아.

(설마, 혼자만 살겠다고 수작부리는 거 아니겠쥐?^^)

외롭고 쓸쓸해도 우리 조금만 더 참고 기다리자, 언니.

이제 우리가 한 방을 쓰게 될 날도 멀지 않았다는 촉이 와.

그리고 참, 이건 나도 몰랐던 사실인데

요즘 감방은 콩밥이 안 나오더라고.

대신 매점에서 밑반찬이나 군것질 거리 주문해서 먹을
순 있어.

가끔 옛날에 먹던 상어 지느러미 요리 같은 거 땡기면

고래밥 과자를 강추하겠어.

고추장도 밥에 비벼서 먹을 만해.

언니.

나도 없는데 괜한 똥고집 부리지 말고 빨랑 와.

혼자 놀고먹기도 심심해.

추신: 아참, 언니! 여기는 사회에서 뭘 했냐는 중요하지
않아. 무조건 먼저 들어온 순이야. 그러니까 화장실 청소랑
설거지는 언니가 해야 돼.

담배 값

속이 답답하고 불안하다. 그래서 그런지 손끝이 떨려 볼펜도 잡기 힘들다.

그네가 요새 그렇다.

가뜩이나 빈 머릿속이 우주만큼이나 더 넓어진 거 같다.

오로지 귓속을 맴도는 것은

'하야하라.'

'탄핵하라.'

는 이명만 가득하다.

약을 아무리 먹어봐도 백약이 무익하다.

엉태도 으택이도 구석에 처박혀 담배만 빨아대고 있다.

"나도 한 대 줘봐."

어쩐지 저거라도 한 대 빨면 괜찮을까 싶다.

그네로선 생전에 자기가 담배를 찾을 거란 생각은 꿈에도 하지 않았건만,

으잉? 괜찮았다, 좋았다, 죕인다.

"이거 얼마야?"

"4천 5백 원."

"왜 이케 비싸?"

"순시리 누나가 세금이 부족하다고 올려서….”
엉태와 으택이가 하는 말을 듣고 그네가 벌떡 일어나며,
"이 미친년이! 나 쫓겨나면 월급도 없는데….”

그네의 독백

거울아, 거울아.
이 세상에서 누가 제일 대통령을 잘 할 수 있겠니.
그건 바로 나라고?
오! 넌 참으로 똑똑한 거울이구나.
솔직히 이게 다 순시리 때문이란 것도 알고 있니?
…???
왜 대답이 없어.
암튼!
그러거나 저러거나 내 말을 좀 들어보렴.
어떻게 잡은 권력인데 내가 이걸 놓겠니.
그래서 난 말이지.

눈물연기는
어려운데…

참고초려(삼고초려)를 해서라도 내 말이라면 껌뻑 죽는 총리를 내세울까 해.

어차피 팔린 쪽인데 텔레비전에 얼굴 좀 들이민다고 처 맞기야 하겠어?

토 달지 마세요.

총리 카드는 야당의 반대와 국민 여론에 밀려 무용지물이
돼버렸으나, 애써 현실을 부정하며 기자들 앞에 선 가카께
서 한 말씀 하신다.

그네: 일부에선 제가 위장전업(위장전입)을 해서 청와대
들어왔다고 모험(모함)을 하나본데, 저 이럴려고 대통령
된 거 아닙니다.
기자들: …????
그네: 전화위기(전화위복)이라는 말이 있듯이, 이제부터
라도 솔선을 수범해 가지고 국정을 바로잡을까 하는 생각
을 저는 합니다.

대부분의 기자들은 대체 뭔 헛소린가 싶어 망연자실할
따름이다.
"그럼 앞으로 어떻게 하실 계획이신지…."
맨 앞자리에 있던 한 기자가 입을 열려는 찰나였다.
가카께서는 그 앞을 슥 지나쳐 나가면서 들릴락말락한 소
리로 말했다.
"토 달지 마세요. 지금 저하고 싸우자는 거예요?"

한국말 모르세요?

순시리 게이트가 일파만파 확산되면서 특검의 포위망이 좁혀들기 시작했다.

조만간 그네도 조사에 응해야만 되는 상황.

참모들은 바짝 긴장하는 수밖에 없었다.

하지만 불굴의 그네는 아무튼 일단 막무가내 전술로 버텨보기로 했다.

참모: 저, 지금까지 드러난 사실을 인정하실 겁니까?

그네: 순시리가 싹 다 모르는 일이라고 했다면서요.

참모: 그렇지만 증거가 산더미라….

그러자 그네가 버럭 화를 내면서 하는 말,

"한국말 모르세요? 내 동생이 아니라고 했으면 아닌 것입니다."

그네가 장관들과 독대를 못하는 이유

순시리가 청와대에 자주 들락거리는 이유는 무소불위의 권력을 내세워 국정농단을 하기 위한 목적도 있지만, 그보다 더 큰 비밀이 있었다.

그것은 최측근 문고리들도 모르는 특급 비밀이었다.

사실 그네는 순시리 아빠가 만든 로봇이었다.

로봇은 배터리로 움직이게 되어 있다.

하지만 그네 로봇은 완전하다고 할 수 있는 상태가 못 되었다.

배터리 만드는 기술이 모자란 순시리 아빠가 작업을 하다 말았기 때문이다.

그러므로 그네 로봇은 배터리를 자주 갈아주어야 하는 약점이 있었다.

배터리가 약해지면 머릿속은 온통 배터리를 갈아야 된다는 생각뿐이고 혼이 비정상이 되어 이상한 헛소리를 지껄이곤 하기 때문이다.

그 대표적인 예가,

"우리 핵심 목표는 올해 달성해야 할 것이 이것이다 하고

정신을 차리고 나아가면 우리의 에너지(배터리)를 분산시
키는 것을 해낼 수 있다는 그런 마음(배터리)을 가져야 한
다."는 옹알이 수준의 연설이었다.

짬뽕인사

검찰 조사를 받는 첫날 순시리가 곰탕을 먹었다는 사실이 언론의 톱뉴스로 등장했다.

사람들은 경악을 금치 못했다.

우선 이 판국에 곰탕까지 시켜먹었다는 말에 한 번 놀라고, 그걸 또 딱 한 숟가락 남기고 깔끔하게 비웠더라는 말에 두 번 놀랐다.

무엇보다 놀라운 사실은 검찰청 근처를 샅샅이 뒤져도 그날 그 시간에 곰탕을 배달한 업체가 없다는 사실이다.

이를 두고 네티즌들 사이에 갑론을박이 벌어졌다.

온갖 비난과 음모론이 난무하는 가운데 가장 설득력 있는 추론으로 등장한 게 이른바 '곰탕 암호설'.

나, 어제까지
문화계 황태자!

곰탕을 먹으면 플랜A, 짜장면을 먹으면 플랜B로 진행하라는 식으로 가카와 순시리가 말을 맞췄을 가능성 농후하다는 것이다.

여기에 '한 숟가락 남겼다는 것도 의미하는 바가 있고, 실제 사용되는 방법이기도 하다'는 자칭 범죄 심리 분석가의 댓글이 달리기도 했다.

한편, 칠푼이공화국 구중궁궐 깊숙한 곳에서 이 장면을 예의주시하던 가카는 밤새 머리를 굴린 결과 다음과 같은 결론을 내렸다.

'사골 국물을 우려내려면 시간이 꽤 걸린다지? 저건 필시 순시리가 나에게 시간을 벌어달라는 신호가 분명해!'

그리하여 가카는 순시리의 암호에 화답하는 의미로 특단의 조치를 내렸는데, 그간 여러 정권을 이리 기웃 저리 기웃대던 인사들에게 각각 한 자리씩 내주는 식으로 사태를 잠재우려고 했다.

세간에선 이를 두고 '짬뽕인사'라 평했다.

탁월한 선택

  연일 청와대 앞으로 몰려간 시민들이 대통령 하야와 퇴진을 외치는 상황이다.

  참모들은 시위대가 백만 명에 이르자 긴급회의를 열어 대책을 논의했다.

  결론은 더 이상 대통령직을 유지할 수 없겠다는 것.

  하지만 막상 보고를 하자니 감히 대놓고 '하야'나 '퇴진'이라는 말을 꺼낼 용기가 없었다.

  결국 삼지선다형 질문지에 장단점을 첨부하여 집무실에 들이민 참모들은 그네의 선택을 기다렸다.

1. 비상시국을 선포하고 계엄령을 내린다.

-장점: 어찌되든 상황은 속전속결.

-단점: 국민적 저항으로 처 맞아 죽을 수도 있음.

2. 세월호 7시간의 진실을 밝히고 국민들에게 석고대죄한다.

-장점: 그래도 지지율 4% 이내는 확실함.

-단점: 임기 내에 구속은 면할 수 있으나 퇴임 후를 보장 못함.

3. 되도록 빨리 청와대를 떠나 충분한 휴식을 취한 뒤 후일을 도모한다.

-장점: 떠나면서 카메라 앞에서 마지막으로 한 번만 더 사과하면 됨.

-단점: 그곳에선 외부인의 도움을 일체 받을 수 없음.

선택지를 곰곰이 살펴본 그네는 낯빛이 확 밝아지면서 3번에 동그라미를 그렸다.

분노한 시위대의 함성이 들릴 때마다 '저도의 추억'이 떠올랐던 그네.

참모들의 노고를 치하하는 뜻에서 메모를 덧붙였다.

#언제라도 갈 준비가 돼 있음.

메모를 읽어본 참모들의 얼굴도 확 펴졌다.

그러고는 즉시 검찰에 전화를 걸었다.

"대통령은 준비가 되셨다고 하니, 빨리 데려가시오."

광화문에 간 그네

이건 살아도 사는 게 아니다.

혹시라도 시위대가 청와대로 쳐들어오면 어쩌나.

매일 뜬눈으로 밤을 지새우던 그네는 지칠 대로 지쳤다.

그러던 어느 날 남몰래 보로로 가면을 쓰고 광화문에 갔다.

피켓도 하나 준비했다.

그런데 집회 현장에 나가자마자 기절초풍할 일이 벌어졌다.

복면으로 얼굴을 꽁꽁 싸맸건만 한 유치원생이 그네를 알아본 것이었다.

"그네다! 그네!"

유치원생이 소리치기 시작했다.

그네는 모기소리 만하게 속삭였다.

"나 아니야."

그러자 그 유치원생이 어림없다는 말했다.

"나도 그만한 눈치는 있걸랑요"

그네가 들고 있는 피켓에는 이렇게 쓰여 있었다.

'순시리를 즉각 석방하라. 오더를 받지 못해 하야를 못하
고 있다.'

그리고 그 밑에 작은 글씨로

'나, 그네 아님'

착각도 야무져

 광화문에서 겨우 빠져나온 그네는 경황 중에 그만 길을
잃어버렸다.

 청와대로 가는 길을 몰라 밤늦도록 거리를 헤매던 그네.

 곳곳에서 자신의 사진이 길바닥에 내팽개쳐 있는 것을 발
견하고는 만감이 교차했다.

 한때는 대통령이 다녀간 식당, 하다못해 대통령이 지나간
거리라고 했던 걸려 있던 사진이 처참하게 나뒹굴고 있었다.

 누가 볼까 무서워 도망치듯 거리를 빠져나오던 그네.

 뜻밖의 장면을 목격하고는 눈물이 핑 돌았다.

 어떤 노인이 '그네는 하야하라'고 써진 벽보란 벽보는 보
이는 족족 뜯어내는 것이다.

 아, 이 분은 아부지연합 회원인 모양이다.

 그네는 그 노인이 자신의 열렬 지지자인 줄로만 알고 감
동에 목이 메었다.

 "뭘 이렇게 수고를 다 하시고⋯."

 그러자 노인은 뜯어낸 벽보를 가방에 쑤셔 넣고는 퉁명
스럽게 말했다.

 "사람들이 말이야. 붙이려면 골고루 붙여야지⋯. 우리 동
네에다 붙이려고 그런다. 왜? 안돼?"

대한민국 거짓말 톱 15

15위. 여자들: 어머 너 왜 이렇게 예뻐졌니?

14위. 학원광고: 전원 취업 보장, 전국 최고의 합격률!

13위. 비행사고: 승객 여러분, 아주 사소한 문제가 발생했습니다.

12위. 연예인: 그냥 친구 이상으로 생각해 본적 없어요.

11위. 교장: (조회 때) 마지막으로 한 마디만 간단히….

10위. 친구: 이건 너한테만 말하는 건데….

9위. 장사꾼: 이거 정말 밑지고 파는 거예요.

8위. 아파트 신규 분양: 지하철역에서 걸어서 5분 거리.

7위. 수석 합격자: 그저 학교 수업만 충실히 했을 뿐이에요

6위. 음주운전자: 딱 한 잔밖에 안 마셨어요.

5위. 중국집: 출발했어요. 금방 도착해요.

4위. 옷가게: 어머 너무 잘 어울려서 맞춤옷 같아요.

3위. 정치인: 단 한 푼도 받지 않았습니다.

2위. 자리 양보 받은 노인: 에구… 괜찮은데…

그렇다면 대망의 1위는?

그녀의 공약: …(독자들 상상에 맡김.)

국민 대통합

역대 모든 대통령들이 한결같이 염원하고 힘을 쏟았던 것이 국민 대통합이었다.

하지만 어느 누구도 국민 대통합을 이루지 못했고 오히려 갈수록 골만 깊어갈 뿐이었다.

그네도 대통령 선거공약에 국민 대통합을 반드시 이루겠다며 열변을 토했다.

그러나 막상 대통령이 되자 내가 무슨 공약을 했냐는 듯 대통합 공약뿐만 아니라 거의 모든 공약사항도 판을 뒤집고 역주행으로 일관했다.

그러다 순시리하고 놀아난 사실이 만천하에 드러나 드디어 탄핵정국에 이르고 말았다.

11월 12일, 광화문 광장엔 100만이 넘는 국민이 모여 한 목소리로 하야와 탄핵을 외쳤다. 함성은 하늘을 뚫고 머나먼 우주에까지 울려 퍼졌다.

그 소리를 청와대 집무실에서 안절부절 불안하게 듣고 있던 그네,

별안간 회심의 미소를 지으며 이렇게 중얼거렸다.

'누가 뭐래도 난 공약 하나는 지켰다. 어찌됐던 국민 대통합은 내가 이룬 것이다. 역대 아무도 이루지 못한 국민 대

통합을 내가 이뤄냈어.'

  그리고 잠시 후 고개를 설레설레 흔들며 다시 침울해지
고 말았다.

  '아니야, 아니야. 아직 아니야. 아직도 반으로 갈렸어. 탄
핵이면 탄핵, 하야면 하야라고 하나만 해야지. 아… 아직
도 반으로 갈렸어.'

그네와 짜장면

"밥 먹고 합시다."

밤샘조사를 시작하면서 검사가 말했다.

하지만 뭘 먹을 건지 물어도 그네는 입을 꼭 다물고 있었다.

배달음식을 시켜본 적이 없었기 때문이다.

샥스핀에 송로버섯 몇 점 구워주면 살짝 입맛이 돌까 싶기는 했다.

검사는 그냥 짜장면을 시켜주고 볼 일을 보고 들어왔다.

그런데 그네는 면이 불어터지도록 의자에 멀뚱하게 앉아 있었다.

"단식이라도 하겠다는 겁니까?"

"…!"

그네는 세차게 고개를 저으며 그릇에 씌워진 비닐만 뚫어져라 쳐다보았다.

검사는 할 수 없이 비닐을 벗겨주었다.

그런데도 그네는 침만 꼴깍 삼킬 뿐 짜장면을 건드리지도 않는 것이었다.

"또 왜요?"

검사가 다시 물었다.

그러자 그네는 처량한 얼굴로 이렇게 중얼거렸다.

"포크, 나이프, 앞 접시."

그걸 말이라고

특검이 열리자 그네는 나름 성실하게 조사에 임했다.

빼도 박도 못할 증거가 나오면 순순히 인정을 하는가 하면,

모른다고 빡빡 우기다가도 누가 이미 불었다고 하면 잘못을 시인하기도 했다.

그러다보니 책으로 한 권을 묶어도 모자랄 만큼 죄상이 차고 넘쳤다.

이러고도 일국의 수장이었다니.

검사가 기가 차서 책상을 탁 치면서 물었다.

"당신 대통령 맞습니까?"

그러자 그네가 억울하다는 듯 되물었다.

"그런 건 순시리한테 묻지 왜 나한테 물어요?"

저절로 생기는 거

결국, 미친 그네들의 시대가 막을 내리고 새로운 정권이 들어서게 되었다.

대통령 인수위원회 활동 마지막 날,

위원장이 그네한테 불만이 가득한 목소리로 말했다.

위원장: 아니 왜 정말 중요한 노하우는 안 줍니까?

그네: (잔뜩 쫄아서)…다…다…드렸는……

위원장: 거…왜 거 있잖아요. 기문둔갑술!

그네: 그런 거 없는데요.

위원장: 거참. 그거! 비리를 비리로 덮고 의혹을 의혹으로 덮는 기술 말이요.

그네: 아! 그거는 나처럼 비선 두고 대충하면 저절로 생기는 거예요

이 사람 아직도 있어요?

 마침내 칠푼이공화국 가카께서도 감방신세를 지게 되었다.

 고매하신 가카께서 포승줄에 묶혀 감옥에 입성하는 순간은 전국에 생방송으로 중계되었다.

 그네는 이 모든 게 그저 꿈이려니 생각하고 입술을 깨문다.

 그나마 카메라 플래시를 받는 건 익숙해서 품위도 고상하게 한 발 한 발 앞으로 내딛었다.

가카의 발걸음은 자기도 모르게 영빈관이라 생각되는 큰 건물로 향했다.

이를 보고 한 교도관이 감방이 있는 쪽으로 안내하려고 했다.

"그쪽이 아닙니다."

그러자 자존심을 구겨버린 그네가 상대방의 명찰을 뚫어 져라 쳐다보았다.

분명 낯익은 이름이다.

공교롭게도 언젠가 콕 집어 잘라버린 박힌 모 부처 직원 이 좌천되어 이곳에 와 있는게 아닌가.

이 판국에 자신의 처지를 망각한 그네가 주위를 돌아보 며 이렇게 말했다.

"이 사람 아직도 있어요?"

하야 정국을 피해보고자 고심하던 그네가 당내 인사들을 불렀다.

그리고 직접 폭탄주를 돌려가며 이렇게 말했다.

2장

대통령도 원 플러스 원

순시리가 두 번 기절한 사연

순시리가 싫어하는 사람은 딱 두 부류다. 무식한 놈과 대머리다.

세상이 망한다 해도 이 둘만은 용서가 안됐다.

그러던 어느 날, 어떤 카페에서 우연히 엉태를 보게 된 순시리는 첫눈에 반하고 말았다.

엉태는 다부진 몸매에 젊고 얼굴도 미남이었다. 그리고 어쩐지 우수에 젖은 듯 학식도 있어 보였다.

순시리는 그런 엉태가 마음에 들었다.

평생 공부와는 담을 쌓고 살아온 순시리는 자신의 무식함을 커버해줄 상대를 원했다.

그래서 검정 뿔테 안경도 쓰고 책도 옆구리에 끼고 엉태를 향해 다가갔다.

안되면 두 번 세 번이라도 도전할 마음이었다.

어라? 근데 너무 순순하게 넘어왔다. 순시리는 자신의 미모가 그만큼 출중하다는 것으로 생각했다. 순시리는 좋았다. 행복했다. 한 달 정도는… 그런 거 같았는데 이상했다.

날이 갈수록 엉태 이노무자식 하는 짓이 어째 무식해도 자기 수준에도 밑도는 것이었다.

이상하게 생각한 순시리는 청와대 사정라인을 동원하여 엉태의 뒤를 캤다.

그리고 순시리는 기절하고 말았다.

'아아~ 이 개노무시끼가… 호스트라니‥'

그러던 중, 으택이가 나타났다. 패션 감각이 뛰어난 으택이는 모자를 즐겨 썼는데 그게 또 그렇게 잘 어울렸다. 그리고 대학을 나온 데다 번듯한 직업도 가졌다.

또한 어찌나 사교성이 좋은지 그저 으택이만 보면 방긋방긋 웃음꽃이 피었다.

당연히 으택이를 총애하게 되었다. 이때까지만 해도 으택이의 비밀은 차마 상상도 하지 못했다.

그러던 어느 날,

텔레비전에서 쇠고랑을 찬 채 모자를 벗고 나타난 으택이를 본 순간,

순시리는 기절초풍을 했다.

은택이 머리가, 백열전구처럼 반빡반빡 빛나고 있었던 것이다.

순시리가 뭘 했다고?

그네를 찬양하는 것만이 나라사랑이고 애국이라 주장하는 할배할매가 있었다.

나이는 70이 넘었으나 그네를 반대하는 사람들 앞에선 물불 안 가리는 두 분은

둘 다 살짝 귀가 어두웠다.

하루는 거리에서 구호를 외치는 시위대를 발견했다.

"최순실 게이트의 몸통 그네는 하야하라!"

그러자 할배할매 눈에 불이 번쩍했다.

"이런 썩을 놈들!"

득달같이 시위대 앞으로 달려간 할배할매가 삿대질을 했다.

"죽은 최진실이가 우리 그네님을 워치기 했다는겨?"

할배할매가 흥분하는 모습을 보고 한 청년이 큰소리로 친절하게 말했다.

"최진실이 아니고 최순실 얘깁니다."

"뭐라고?"

"최, 순, 실 게이트 몸통이 그네라구요!"

그랬더니 이번엔 순실이라는 이름만 겨우 알아들은 할배할매가 하는 말,

"순시리가 몸땡이를 엇다가 팔아먹었다고?"

범인 은거지

　서울 강남 지역을 무대로 끔찍한 연쇄살인 사건이 미궁에 빠진 어느 날,

　순시리와 그네가 청와대 관저에서 텔레비전을 보고 있는데 노크 소리가 들렸다.

　온 국민이 불안에 떨고 있는 만큼 보좌관이 상황을 알려주려는 것이었다.

　텔레비전에선 막장 드라마가 클라이맥스를 향해 치닫고 있었다.

　보좌관은 사건 수사상황을 전하는 신문을 들고 들어왔다.

　"기사 내용을 브리핑해 드리겠습니다."

　하지만 한창 드라마에 푹 빠져 있던 그네는 그를 거들떠보지도 않고 말했다.

　"거기 두고 가세요."

　"혹시 시간 되시면 이 부분만이라도 읽어보십시오."

　결국 보좌관은 신문만 펼쳐놓은 채 방을 나왔다.

　"대박! 범인이 거지였어?"

　드라마가 끝나자 순시리가 기사 제목을 흘깃 보더니 호들갑스럽게 말했다.

"어머 웬일이니!"

그네도 제목을 보고는 깜짝 놀라 외쳤다.

순 한글로 된 기사 제목은 이러했다.

-범인 은거지 파악

배후 세력

십상시 문건 파동이 났을 때,
국정농단의 주역으로 지목된 순시리 남편이 이렇게 말
했다.
"나는 요즘 진돗개로 살고 있다."
그네도 이와 비슷한 말을 했다.
"청와대에 배후 세력이 있다면 오직 진돗개뿐이다."

순시리가 검찰에 출두하던 날,
검찰청에 개똥을 투척한 일명 동글이라는 한 애국시민
이 있었다.
그 역시 경찰수사에서 이렇게 말했다고 한다.
"나의 배후는 동네 개들이다."

대학 졸업 논문

한석봉

- 무조명 아래에서의 떡 써는 방법 연구(공과 계열)

맹자

- 잦은 이사가 자녀 학업에 미치는 영향(사회과학 계열)

스티븐 스필버그

- 비디오 대여점의 운영과 고객관리(경상계열)

멘델

- 완두콩 제대로 기르는 법(생명공학 계열)

아인슈타인

- DHA 함유 우유의 제조 방법(농축산계열)

순시리

- 없는 대학 졸업장 써먹는 법(창조융합계열)

순시리 생각

1. 청와대 밥 3년이면 나라도 말아먹는다.

2. 원수는 호스트바에서 만난다.

3. 평창에서 노다지 난다.

4. 죽을 죄는 죽을 죄, 곰탕은 곰탕.

출두 드레스코드: Black

이래뵈도
300만원이상 패션

40만원대

200만원대

프라다 구두
70만원대

두 마디

순시리가 또 편지를 보냈다.

'언니. 설마 나를 이대로 감방에서 썩게 만들 건 아니지? 제발 부탁인데 두 마디만 해주라….'

순시리가 원한 두 마디는 이것이었다.

-걱정 붙들어 매고 나만 믿어, 순시라.

머리가 복잡한 그네는 간만에 책을 읽었다.

제목은 '장희빈 유머집.'

장희빈이 인현왕후를 시해하려다 발각되자,

숙종은 그녀에게 사약을 내리도록 명했다.

하지만 장희빈은 도저히 왕명이 믿기지가 않았다.

곧 사약 그릇을 들고 숙종을 찾아가 이렇게 외쳤다.

"이것이 진정 마마의 마음이시옵니까?"

숙종은 두 눈을 지그시 감고 한참을 생각하더니 이렇게 말했다.

"내 마음은 그 사약 그릇 밑에 적어 놓았느니라."

장희빈은 한 가닥 희망을 안고 그릇 밑을 살펴보았다.

그런데 그녀는 사약을 마시기도 전에 입에 거품을 물고

죽고 말았다.

그릇 밑에는 이렇게 적혀 있었다.

"원 샷!"

책장을 덮고 회심의 미소를 짓는 그네.

마침내 순시리가 원하는 두 마디 답장을 보낼 수가 있
었다.

"독, 박!"

그만 혀

명색이 대통령이라 한때는 그네도 노력이라는 걸 좀 했다.

한번은 주로 충청도 지역 출신 초선의원들과 오찬을 함께 하는 자리가 있었다.

이때 그네는 나름 분위기를 띄워볼 요량으로 우아하게 말을 꺼냈다.

"충청도에서 '개고기 먹을 줄 아세요?' 라는 말을 뭐라고 하는 줄 아세요?"

이제 막 국회에 첫발을 딛은 초선의원들은 꿀 먹은 벙어리가 되었다.

설마 대통령이 말장난을 하자는 건 아닐 거라 생각한 것.

그런데 그네는 배시시 쪼개면서 이렇게 말했다.

"개~ 혀."

그러자 의원들은 마지못해 썩소를 날렸다.

하지만 그네는 이에 굴하지 않고 애프터서비스 차원에서 퀴즈를 하나 더 꺼냈다.

"그럼 충청도에서 '개고기를 조금 먹을 수 있어'란 대답은 어떻게 하는 줄 아세요?"

역시 아무도 대답을 안 하는 걸 보고 그네가 셀프 문답의 정석을 시전하였는데,

정답은 '좀 혀'라는 것이었다.

다들 뜨악한 표정을 짓고 있는데,

한 초선의원이 볼펜을 꾹꾹 눌러가며 뭔가를 열심히 쓰
고 있었다.

그네가 보기엔 참으로 좋았더라.

그가 자신의 유머를 메모한 걸로 착각한 것이었다.

그 초선의원의 메모지에는 이렇게 적혀 있었다.

-그만 혀.

바로 '너'

  그네가 부산지역 친이, 친박, 중립성향 의원들을 한 자리에 모아놓고 화합을 강조하는 차원에서 이런 말을 한 적이 있었다.

"장관은 국회의원만 없으면 살 것 같고,
국회의원은 선거만 없으면 살 것 같다."

거기서 착안을 한 그네는 국민들 생각이 궁금했다.
국민들에겐 무엇이 없으면 행복할까?
규제?
세금?
경찰?
.
.
이럴 줄 알았다.
설문지를 들쳐본 그네, 거품을 물었다.
설문지 90%가 딱 한 마디로 이렇게 쓰여 있었다.

'너'

건배사

하야 정국을 피해보고자 고심하던 그네가 당내 인사들을 불렀다.

그리고 직접 폭탄주를 돌려가며 이렇게 말했다.

"제가 공대 출신인 거 아시죠? 이공계는 과학적으로 제조해요.

소맥 비율과 술 따르는 각도는 물론 잔을 잡아 건넬 때 손가락을 통해 전해지는 자외선까지 감안하죠. 그래서 다들 제가 만든 폭탄주가 맛있다고 해요. 호호!"

손수 술까지 따라주니 다들 어안이 벙벙한 가운데,

"대통령이 잘 돼야 당도… 서로서로 잘 되는 것 아니겠어요?"

그네가 건배사를 자청하더니 힘차게 외쳤다.

"더불어!"

속으로 야당을 구워삶을 생각에 골몰하다 헛소리가 튀어나온 것.

그네는 주사를 좋아해

대구 약사회 회원들 앞에서 그네가 이런 말을 했다.

"직장을 잃어 좌절에 빠진 사람에게 친구가 '세월이 약'이라고 위로했답니다.

그랬더니 실직자 친구가 뭐랬는지 아세요?"

역시 셀프문답으로 혼자 북 치고 장구 친 이번 퀴즈의 정답은,

"세월이 약이면 음력은 한약이고 양력은 양약이냐?"였다.

순시리 게이트가 터진 직후,

이 와중에 그네가 '잠이 보약'이라고 말했다는 뉴스가 여론의 분노를 유발하자

보좌관이 사실을 확인하려고 그네한테 물었다.

"보약이 아니라 '잠이 최고'라고 하신 거 맞죠?"

그러자 그네가 버럭 화를 내면서 하는 말,

"누가 그래? 난 주사야"

편식

순시리가 성적표를 받아왔다.

아부지 죄태민이 성적표를 보니 거의 모든 과목이 '가'를 받았는데 두어 과목만 '양'이었다.

이때 죄태민이 순시리에게 했던 말.

"편식은 안 좋아. 골고루 해야지. 그려면 안돼."

순시리는 평생 이 말을 금과옥조로 섬기며 살았다.

그리고 훗날 국정 농단의 초석을 세울 때도 이 말을 철저히 실천했는데, 그것이 곧 '문어발식 빨판' 수금이었다고 한다.

그네가 가져서는 안 될 두 가지

"점심에 못 먹는 두 가지가 있답니다.

그건 바로 아침 식사(BREAKFAST)와 저녁 식사(DINNER)예요."

미국 방문 중 해리티지 재단이 주최한 오찬에서 그네는 이렇게 덧붙였다.

"이처럼 북한이 가져선 안 되는 두 가지가 있어요. 핵무기와 인권유린."

그네도 가져서는 안 되는 두 가지가 있었다.

-대통령 직, 그리고 콘크리트 지지층.

정신 차려

한 유부남이 길에서 늘씬한 여자가 지나가는 것을 쳐다보자,

친구가 말했다.

"정신 차려, 아이가 다섯이야."

"저렇게 늘씬한 여자가 아이가 다섯이나 돼?"

유부남이 놀라는 모습을 보고 친구는 이렇게 핀잔을 주었다.

"자네는 자식들도 있는데 딴 여자를 보니까 하는 말이야."

순시리가 써준 유머 원고를 읽고 그네는 화들짝 놀란 얼굴로 주위를 돌아보았다.

"너야말로 정신 차려."

"왜?"

그러자 그네는 정색을 하고 이렇게 말했다.

"이거 너네 아빠랑 우리 아빠 얘기잖아!"

쫌!

"화성인들이 인간을 보고 뭐라고 할까요?"

-정답은 물입니다. 화성인은 인간의 몸을 투시해서 보는데, 인체의 70%가 물로 되어 있거든요.

이 날도 그네는 늘 그래왔듯이 썰렁한 유머를 꺼냈다.

마침 그 자리에는 진짜 화성에서 온 외계인이 섞여 있었는데,

대구 사투리를 할 줄 아는 외계인이었다.

계속해서 웃기지도 않는 유머를 주절주절 늘어놓는 그네.

다음 순서는 대구 사람들의 말 줄임법이었다.

"'할머니, 비켜주세요'를 세 글자로 하면?"

-정답은 할매, 쫌.

귀에 못이 박히도록 들어온 유머가 주구장창 흘러나오자

참다못한 화성인이 벌떡 일어나서 하는 말,

"거, 쫌!"

원 플러스 원

 마침 원 플러스 원 행사가 진행 중이었다.

 매장에서는 소시지 하나, 어묵 하나라도 더 챙겨가려고 사람들이 길게 줄을 서 있었다.

 "하나를 사면 무조건 하나 더 드립니다."

 점원이 소리치기 무섭게 여기저기서 사람들이 서로 밀치고 넘어지면서 한바탕 난리가 났다.

 그걸보며 지나가던 어떤 사람이 하는 말,

 "다들 환장을 하는군! 허긴 대통령도 원 플러스 원인 세상인데…."

하나보단
둘이 낫지 않겠어요?

나라말아먹기 엔..

우리나라 최고의 명문 특수 고등학교

알파고: 바둑 명문 고등학교
미스고: 미모관리 명문 고등학교

레디고: 시작하는 법을 알려주는 학교
생활고: 가난을 극복하는 학교

반창고: 찢어지면 수습해주는 학교
무기고: 방위산업 명문 고등학교

이윽고: 기다리면 기회가 온다고 가르치는 학교
여리고: 맘이 여린 학생들이 다니는 학교

그 중 최고의 명문 특수 고등학교 두 곳은,
유지니고: 꼴찌도 연대 학생이 될 수 있음.
유라고: 17번만 출석하면 이대 입학이 가능함.

어느 수험생의 소원

대학입시의 중압감에 시달리던 고3수험생이 있었다.

어느 날, 절망에 빠져 울고 있는 그에게 신령님이 나타 났다.

"앞날이 창창한 학생이 어찌하여 울고 있느냐?"

"저는 모든 걸 포기하고 싶어요."

신령님이 자상하게 말했다.

"포기는 바보들이나 하는 거란다."

그러자 학생은 더 크게 울음을 터뜨렸다.

"차라리 바보가 되고 싶어요!"

"대체 무엇 때문에 그런 생각을 한 게냐?"

학생은 이렇게 말했다.

"저보다 백배 천배는 더 바보 같은 아이가 명문대학생이 됐으니까요."

신령님은 곰곰 생각해보고 이렇게 말했다.

"내 특별히 네 소원을 들어주겠다. 그래, 어느 대학을 원 하느냐?"

그러자 학생이 눈을 반짝이면서 하는 말,

"커트라인 없는 학교요."

먹는 게 남는 거

순시리가 친구 집에 놀러갔다.

유치원생 꼬마가 과외선생님과 함께 산수 공부를 하고 있었다.

"접시에 과자가 담겨져 있다고 생각해보렴. 하나, 둘, 셋, 넷, 다섯 개….

그런데 그 중 두 개를 네가 먹은 거야."

설명을 마친 선생님이 문제를 냈다.

"자, 이제 남은 건 몇 개일까요?"

"…."

정답은 세 개.

꼬마는 손가락을 꼽아가며 숫자를 이리저리 헤아리고 있었다.

그런데 옆에서 이 광경을 지켜보던 순시리가 말참견을 했다.

"답은 두 개야."

"네?"

과외선생님이 어이가 없어 순시리를 쳐다보았다.

그러자 순시리가 하는 말,

"얘가 과자 두 개 먹었다며? 먹는 게 남는 거야."

마스크

의사 아빠를 둔 아이가 엄마에게 물었다.

"엄마, 아빠는 왜 수술할 때 마스크를 써?"

엄마는 이렇게 말했다.

"응, 그거는 수술이 잘못됐을 때 나중에 환자가 못 알아보게 하려구 그러는 거야."

서~면 보고

기자가 장관에게 물었다.

기자: 정무수석 재임 당시 대통령과 얼마나 자주 만나 소통하셨나요,

장관: 아닙니다. 한 번도 대면 보고한 적이 없었습니다. 문서로 했습니다.

기자: 그럼 '서면'보고 했단 뜻인가요?

장관: 네, 대통령님은 유독 '서~면 보고'를 좋아하십니다.

기자: 아하! 그래서 청와대에는 비아그라가 잔뜩 있었던 거로군요.

"연설을 준비하면서 마지막으로 하는 일은 무엇입니까?"

외국의 어느 기자가 물었다.

3장

국민이 기가막혀

재활용 기자회견

대통령 신년 기자회견문을 끄적거리던 순시리는 이날따라 꾀가 났다.

마침 작년에 써먹은 연설문이 집안에 굴러다니는 걸 발견하고는 살짝 날짜만 바꿔서 문고리 삼인방에게 건넸다.

"저, 이건 좀…."

"왜, 왜? 뭐가 불만이야!"

순시리가 도끼눈을 뜨자 다들 움찔하는데 그 중 한 명이 겨우 입을 열었다.

"작년 꺼랑 너무 똑같아서요."

"연도가 다르잖아!"

"그래도…."

머뭇거리던 다른 한 명이 용기를 내서 말을 꺼냈다.

"기자회견이 재활용이니 뭐니 말들이 많을 텐데요."

"재활용? 아, 그래. 너 말 잘했다."

순시리는 난색을 표하는 그들이 한심하다는 듯 이렇게 말했다.

"새꺄! 우리 대통령도 작년 그대로, 북한의 정은이도 작년 그대로지? 세상이 바뀐 게 뭐 있어? 그대로니까 연설문도 당연한 거 아녀?"

순시리의 부동산

순시리가 오랜만에 강남의 한 레스토랑에서 열린 동창 모임에 나갔다.

땅 투기로 돈 좀 모았다는 한 친구가 한껏 거드름을 피워 가며 호구조사를 시작했다.

"넌 어디 사니?"

"아파트?"

"몇 평?"

"백 평쯤."

"뭐, 열심히 살았네."

"넌?"

"나? 몇 평이랄 건 없고…. 이 가게 포함해서 저쪽 길 건너까지가 다 우리 땅이야."

이 말을 듣고 잠자코 있던 순시리가 조용히 한 마디 했다.

"흥. 것도 자랑이라고."

동창들이 순시리를 쳐다 보았다. 그러자 순시리가 지껄이는 말,

"뭐…. 한반도와 그 부속 도서라고나…할까?"

지구본

 명바기와 청와대 인수인계를 하면서 그네가 고개를 갸우뚱했다.

 집무실 테이블에 놓인 지구본이 아무래도 약간 기울어진 듯해서였다.

 "이게 왜 기울어졌죠?"

 "아, 오해는 마슈. 난 하나도 손 안 댔으니까."

 명바기도 왠지 이상하다고 느꼈으나 일단 우기고 보았다.

 "원래 사올 때부터 그랬소."

 옆에 있던 순시리가 한 마디 했다.

 "국산이 원래 다 그렇지요, 뭐."

아르바이트

순시리 딸내미가 이대 면접을 보러갔다

교수: 엄마 아빠는 뭐하시노?

딸내미: …(뭐라 할지 몰라 머뭇거린다)

교수: 직업이 없으셔?

딸내미:(퍼뜩 생각났다는 듯이) 두 분 다 알바하시는데
요?

교수: 알바? 무슨?

딸내미: 대통령질이요!

이대로만 가자
나. 금수저!

나 혼자 출전하고
나 혼자 메달따고
나 혼자 대학가고 이렇
게 웃고 웃어
나 혼자 다 해먹어.

제 버릇 개 주랴

한 초보 정치 지망생에게 선배 정치인이 조언을 했다.

"최씨네 두 자매만 잡으면 여의도 입성은 식은 죽 먹기
야."

선배는 최씨 자매 단골 마시지 센터 주소와 함께 두 가지
꿀 팁을 선사했다.

1. 둘 다 입이 거칠고 성질이 더럽다.
2. 주 특기는 개명과 성형이다.

초보 정치꾼은 선배가 시킨 대로 현금을 싸들고 그녀들의
단골 마사지센터 주변을 배회했다.

하나같이 명품을 휘감은 여자들만 드나드는 그 곳에서 최
씨 자매를 찾기란 하늘의 별 따기였다.

그러다 며칠이 지났다.

초보 정치꾼은 희한한 광경을 목격했다. 외제차 두 대가
다가오더니 중년여성 둘이 서로 길을 비키라고 쌍욕을 내
뱉는 것이었다.

"XX년아! 내가 누군 줄도 모르고 까부냐?"

"이런 XX 가튼 X이! 난 너 모르는데 넌 나 누군지 알고나

지랄이냐?"

"XXX년아! 너 이름 뭐야?"

서로 이름을 까고도 상대가 누군지 몰라보고 한참 입에 침을 튀기고 있을 때,

어디선가 젊은 여자가 나타나 뛰쳐나와 둘 사이를 가로막고 나섰다.

"엄마! 이모! 며칠이나 지났다고 벌써 성형수술 다시 한 거야?"

그러자 두 여자가 동시에 이렇게 외쳤다.

"이년아. 그새 또 바꿨냐!"

개명

개명에 재미를 붙인 순시리는 주변 사람들 이름도 마음에
안 들면 바꿔주곤 했다.
순시리 보디가드 민규도 그렇게 이름을 바꿨다.

어느 날,
민규가 술에 취해 미군부대 앞을 비틀거리며 지나가고
있었다.
부대 앞에서 보초를 서던 미군 한명이 웃는 얼굴로 그에
게 물었다,
"WHAT'S YOUR NAME?"
민규는 혀 꼬부라진 소리로 뭐라 대답했다.
그러자 그 미군의 얼굴이 싸늘하게 변하더니 다시 이름
을 물었다.
민규는 아까처럼 대답했다.
열 받은 미군이 씩씩대며 마지막으로 물었다.
"WHAT'S YOUR NAME?"
민규가 여전히 같은 말을 되풀이하자 미군이 분을 참지
못하고 총을 쏘고 말았다.

다음날 아침, 신원확인을 위해 시체를 살피던 경찰은 피살자의 주민등록증을 발견했다.

거기엔 이렇게 적혀 있었다.

'성명: 박 규.'

곰탕의 암호
1. 오랫동안 울궈먹어라
2. 말아먹어라
3. 곰처럼 겨울잠을 자라

무슨뜻일까_

순시리의 서시

죽는 날까지 비자금 금고를 우러러 한 점 아쉬움 없기를
매달 내는 대포폰 요금 몇 만원에도 나는 괴로워했다
별을 세는 마음으로 모든 나랏돈을 꿍쳐놔야지
그리고 대대손손 떵떵거리고 살아야겠다

오늘 밤에도 눈먼 돈이 바람에 스치운다.

개와 자명종의 대화

청와대 진돗개가 자명종과 대화를 나누었다.

진돗개: 자명종아, 넌 왜 아침이 되었는데도 울지 않니?

자명종: 닭이 있는데 내가 울 필요가 없잖아.

그러던 어느 날은 순시리가 청와대에 들렀다.

자명종: 진돗개야, 너는 왜 도둑이 들어와도 짖지 않니?

진돗개: (어이없다는 듯) 어떻게 주인을 보고 짖냐?

연설 준비

"연설을 준비하면서 마지막으로 하는 일은 무엇입니까?"
외국의 어느 기자가 물었다.

그네가 질문의 의도를 이해하지 못했다고 여긴 기자는 설명을 덧붙였다.

"제가 만나본 각국의 지도자들은 이런 방법을 쓴다고 하더군요. 대개 가령 셰익스피어 작품에서 마음에 드는 대목을 고른다거나, 감동적인 시의 한 구절을 떠올린다고 말입니다."

그러자 그네는 곰곰이 생각하더니 대답했다.

"저는 주로 심부름을 시킵니다."

서열 정리

순시리가 청와대 권력 서열 1위라는 내부자의 폭로가 일부 언론에 보도되자,

그네는 강력하게 사실을 부인하고 나섰다.

그러고는 스스로 몹시 흡족하여 자랑삼아 순시리한테 말했다.

"내가 말끔하게 해결했어. 순시라, 나 잘했지?"

"응. 잘했어. 근데 언니."

순시리가 그네를 흘깃 보면서 싸늘하게 내뱉었다.

"내가 언니라고 부르기는 하겠는데, 어째 말이 좀 짧다?"

그러자 비로소 제 정신이 돌아온 그네가 정색하며 하는 말,

"아유~최 선생님. 농담이에요, 농담!"

나도 일 좀 해야지

그네가 2주 일정으로 해외 순방길에 올랐다.

"순시리년 심심해서 어쩌나?"

"그러게 말이야.

툭하면 청와대 갔다 왔다고 잘난 척하더니, 당분간 그 꼴 안 봐도 되겠어."

사우나에선 평소 순시리를 꼴사납게 여겼던 친구들끼리 수다가 한창이었다.

순시리가 하루가 멀다 하고 찾던 사우나에 발길을 딱 끊자 외국여행이라도 간 줄 알았던 것이다.

그런데 이게 웬일.

한 열흘 쯤 지나 사우나에 나타난 순시리는 바빠서 공항 근처에도 안 갔다고 말했다.

"그럼 그동안 어딜 갔었던 거야?"

"청와대."

친구들은 주인도 없는 청와대에 순시리가 대체 왜 갔는지 이해가 안 갔다.

그러자 순시리가 태연하게 하는 말,

"나도 일 좀 해야지."

종북이 별건가

　취임 후 일 년이 지날 무렵 그네가 언짢은 얼굴로 순시리한테 말했다.

"세상에! 나를 욕하는 국민들도 있더라."

"아니 어떤 개돼지 같은 것들이 감히 언니를 욕한다는 거야?

무안(무엄)하게!"

"나도 그런 사람들이 있는 줄은 꿈에도 몰랐는데,

밤에 혼자서 인터넷 댓글 보다가 무엄(무안)해서 혼났어."

"뭐라고 하던데?"

"정치가 불통이라고…!"

그러자 순시리는 일초도 안 돼서 이렇게 말했다.

"그건 종북이야."

어떤 놈이 더 좋은지

엉태하고 으택이 사이가 급격히 나빠졌다.

순시리 한 마디에 한쪽이 웃었다 울었다 일일희비가 교차되었다.

하루는 순시리가 엉태와 으택이를 불러 놓고 한 마디 했다.

"언니가 외로운가 봐."

그러자 호스트 출신 엉태의 표정이 밝아졌다. 반면 으택이는 난감한 표정이었다.

또 하루는

"아씨~, 요새 재미있는 공연이 뭐야?"

하니까 으택이가 신이 났다.

그렇게 두 사람의 사이는 순시리 한 마디에 하루하루가 달랐다.

그러던 어느 날, 순시리에게 고민이 생겼다.

독일에 있는 딸내미의 말 가운데 어떤 말이 이번 경기에 적당한 지를 두고, 고민에 고민을 하고 있는 중이었다. 순시리가 혼잣말로 말했다.

'아~우, 어느 놈이 더 좋은지 모르겠네.'

이 말을 들은 엉태와 으택이 눈에서 불꽃이 튀었다.

일요일

한때, 호스트 빠를 전전하며 남자를 섭렵했던 순시리.

크루즈를 타고 호화 여행을 하고 있었다.

그러다 풍랑을 맞아 크루즈는 난파하고 간신히 어느 무인도에 닿았다.

막상 닿고 보니 자기하고 6명의 남자만이 무인도에 닿은 것이었다.

오매! 순시리는 좋았다. 지화자 땡이로구나!

하루 가고 이틀 가고… 한 달 가고 두 달 가고… 이제는 남자라면 기가 질렸다.

하루라도 빨리 섬을 탈출하고 싶었다.

그러던 어느 날, 수평선에 무슨 크루즈 같은 게 나타났다. 순시리는 고래고래 고함을 질렀다.

이윽고 다가와서 보니 그것은 크루즈가 아니라 뗏목이었다. 그런데 그 뗏목 위에는 섬에 있던 6명보다 더 우람한 남자가 타고 있었다. 이걸 본 순시리.

'아~ 씨바… 이젠 일요일도 없겠네.'

독약

어느 날, 순시리가 김밥을 먹고 있었다.

엉태가 들어오더니 아무 허락도 없이 김밥을 하나 집어 먹고 갔다.

다음. 으택이가 들어오더니 역시 김밥을 하나 집어 먹고 갔다.

순시리는 화가 났다.

'저것들이 이젠 나를 호구로 아나 봐.'

다음 날, 다다음 날, 다다다음 날도 그랬다.

순시리, 화가 우주까지 뻗쳤다.

죽여버리기로 독하게 맘을 먹었다.

근사한 회초밥에 독약을 잔뜩 넣고 기다렸다.

그런데 어찌된 일인지 아무리 기다려도 오지 않았다.

조바심이 났다. 화장실도 가고 싶고….

여전히 엉태도 으택이도 오지 않았다.

안되겠다 싶어 얼른 화장실을 갔다 왔다.

오잉? 그런데… 어느 사이 그녀가 와서 회초밥을 맛있게 먹고 있는 게 아닌가.

엉태와 으택이는 그 옆에서 기립자세로 서서 쳐다만 보고 있었다.

개인적 취향

순시리가 제일 싫어하는 아이스크림: 누가바
순시리가 제일 좋아하는 아이스크림: 보석바
순시리가 제일 좋아하는 말: 거짓말

그렇다면 요즘 순시리가 제일 좋아하는 라면은?
정답: 그네와 함께라면

소원을 말해봐

순시리가 용하기로 소문난 무당을 찾아갔다.

무당은 족히 100살은 되어 보이는 노파였다.

깊은 산속 신당에 단 둘이 마주앉자 노파가 순시리를 빤히 쳐다보았다.

"소원을 말해봐."

순시리는 대한민국 돈이란 돈, 권력이란 권력, 온갖 좋은 건 다 가지고 싶다고 말했다.

그러자 무당이 아주 간단한 방법을 알려주었다.

-다다다다, 다다

100일 동안 하루에 벽에 머리를 찧어가며 이렇게 주문을 100번 외우되,

마무리는 단 네 글자로만 하라는 것이었다.

순시리는 무당이 시킨 대로 100일 동안 벽에 머리를 하루 100번이나 찧어대며 열심히 소원을 빌었다.

-다다다다, 다다 순시리 꺼

머리에 피가 나도록 기도를 마치자 무당이 말했다.

"이제 곧 너의 소원대로 될 것이다."

순시리가 뛸 듯이 기뻐하며 산을 내려오려던 찰나,

무당이 문득 생각난 듯 다시 말을 꺼냈다.

"그럴 리는 없겠지만,

혹시 삑사리가 나면 똑같은 방식으로 빌면서 마무리하는 다섯 글자로 바꿔라."

그러면서 이건 매우 흔치 않은 경우라 A/S가 언제 끝날지 알 수 없다는 말도 덧붙였다.

오랫동안 순시리는 소원대로 삐까뻔쩍한 인생을 살았으나,

마침내 그 흔치 않다던 삑사리가 나고 말았다.

설상가상 무당도 이미 죽어 백골이 된 지 오래였다.

이제 남은 건 죽도록 욕이나 먹어가며 늙어가는 일뿐이었으나 무당의 말을 떠올리며 마지막 희망을 걸어보는 순시리.

그리하여 00구치소 사람들은 밤마다 엄청난 소음공해에 시달리고 있다는데,

"다다다다, 다다 그네 줘버려!"

독방에 갇힌 순시리가 벽에 쿵쿵 머리를 찧어가며 목이 터져라 주문을 외워대기 때문이다.

나라걱정

구치소에 아는 사람이 면회를 왔다.

순시리가 맥 빠진 목소리로 물었다.

"조카들은 어디 있어요?"

"00 구치소에 있는데요."

"으택이랑 엉태는요?"

"XX 교도소로 갔어요."

"그럼 내 언니랑 동생은요?"

"지금 경찰조사 중인데요."

그러자 순시리가 벌떡 일어나며 소리쳤다.

"아니 그럼, 국정은 누가!"

서울역에 간 그네

그네는 아무리 현실을 받아들이려고 해도 자꾸만 미련이 남았다.

그 많던 지지자들이 하루아침에 돌아섰다는 사실이 믿기지 않는 것이다.

한편으로는 이런 생각도 들었다.

복면을 쓰고 광장에 나가본 건 정말이지 색다른 경험이었다.

자신을 알아보지 못하는 사람들 사이에 섞여 있으려니 뭔가 자유로운 느낌이 들기도 하고….

왠지 딴사람이 된 것만 같았다.

시위대가 구호를 외칠 땐 오금이 저렸으나 유명 연예인의 공연을 보는 재미도 쏠쏠했다.

시위대의 함성이 점점 가까워지는 것을 느낀 그네.

혹시나 해서 스마트폰으로 검색을 해보다 눈물을 글썽였다.

열혈 추종자들이 서울역에서 맞불집회를 연다는 것이다.

이번에는 길라임 가면을 쓰고 서울역으로 간 그네.

잔태가 그랬지.

촛불은 바람 불면 꺼진다고!

LED 촛불을 구해 집회에 동참하려고 주위를 두리번거리는데,

마침 '그사모'라는 단체가 집회를 열고 있었다.

그사모는…

그네를 사랑하는 모임?

아니면 그네 사면을 추진하는 모임?

야무진 착각 속에 촛불을 들고 달려간 그네.

현수막 아래 써진 글귀를 자세히 보고 기함을 하는데,

거기엔 이렇게 써져 있었다.

-그네 사형 추진 모임

깜빡할 게 따로 있지

그네 삼촌은 말했다.

오천만이 끌어내려도 그네는 꿈쩍도 안 할 거라고.

예언은 현실이 되었다.

급기야 그네가 혐의를 모두 부인하며 검찰 수사를 거부한 것이다.

역시 탁월한 선택이었어!

변호인 성명을 내보낸 뒤 가뿐한 마음으로 수첩을 들춰보던 그네가

참모를 찾더니 퍼뜩 생각난 듯 말했다.

"순시리 좀 들어오라고 하세요."

"예???"

참모는 어리둥절할 수밖에.

그러자 그네가 짜증스럽게 내뱉었다.

"연설문 빨리 가져오라고 하란 말이에요."

그새 순시리가 감방에 간 사실을 깜빡한 것이다.

경고문

순시리네 패밀리가 외국 어느 유명 호텔에서 묵기로 했다.

호텔 로비에는 각국에서 온 투숙객들 보라며 다음과 같은 경고문이 붙어 있었다.

영국인들에게-잘난 척하지 마시오.

이탈리아인들에게- 제발 도둑질은 자국 내에서만 하시오.

러시아인들에게- 술 좀 작작 드시오.

중국인들에게- 떼거리로 몰려다니며 아무 데서나 사진 찍지 마시오.

미국인들에게- 밤중에 신원이 확실치 않은 상대를 객실로 끌어들이지 마시오.

한국인들에게-밤새도록 화투치는 건 좋은데, 그놈의 '고' 소리 좀 살살 지르시오.

아래에는 경고를 어기는 장면이 발각되는 즉시 내쫓겠다고 써져 있었다.

"오늘만 화투칠 때 조용히 하면 되겠네."

순시리가 패밀리를 이끌고 앞장을 섰다.

그런데 비서가 황급히 일행을 가로막았다.

"들어가나마나 곧 쫓겨나고 말 겁니다."

"왜?"

그러자 비서는 이렇게 말했다.

"여기 있는 경고문 하나라도 가족 분들한테 해당 안 되는 게 없어서요."

우린 급이 달라

일본인은 소 한 마리를 19등분해서 가려먹는데 전체의
절반밖에 먹지 못하고,
프랑스인은 소 한 마리를 25등분해서 가려먹는데 전체의
60%밖에 먹지 못하고,
한국인은 소 한 마리를 38등분해서 가려먹는데 전체의
85%를 먹는다.

순시리 자매들이 이 얘길 듣고 코웃음을 치면서 하는 말,
"우린 먹는 것도 급이 달라.
전국을 8등분해서 식구끼리 가려먹어도 거의 100%를 먹
으니까!"

"이제라도 진실을 밝히고 국민들 앞에 사죄하는 게 옳습니다."

"뭐가 잘못됐다는 거죠?"

4장

순실이네 파란닭장

선거 공약

나라 돌아가는 꼴이 하도 기괴하니 사방에서 원성이 빗발쳤다.

그럼에도 그네는 아무 생각이 없었다.

결국 순시리 사태가 터졌을 때도 마찬가지었다.

민심이 요동을 치건 말건 자기최면에 걸린 것처럼 요지부동이었다.

그나마 용기 있는 참모 하나가 직언을 했다.

"이제라도 진실을 밝히고 국민들 앞에 사죄하는 게 옳습니다."

"뭐가 잘못됐다는 거죠?"

"지금 상황이 너무 심각하다보니 국민들 입장에서 충격이 큰 것 같습니다."

그러자 그네가 사뭇 의미심장한 질문을 던졌다.

"내가 옛날에 뭐라고 했습니까?"

"예???"

뜨악한 표정을 짓는 참모에게 그네가 하는 말,

"후보시절에 내가 대통령이 된다면,

지금까지와는 다른 시대가 펼쳐질 것이라고 했잖아요."

닭 중의 닭

제일 비싼 닭: 코스닭

제일 빠른 닭: 후다닭

성질 급해 죽는 닭: 꼴까닭

정신 줄 놓고 사는 닭: 헷가닭

가장 섹시한 닭: 홀라닭

가장 야한 닭: 빨개 벗은 닭

집안 망쳐 먹는 닭: 쫄닭

예전에 날리던 닭: 한가닭

닭이 제일 싫어하는 말: 닭쳐

한성질 하는 닭: 미치고 팔닭

제일 짠한 닭: 밑바닭

싱싱한 닭: 파닭파닭

만져보고 싶은 닭: 처녀 손바닭

심장병 걸린 닭: 콩닭콩닭

수다스런 닭: 속닭속닭

이 닭 저 닭 해도 제일 좋은 닭: 토닭토닭

그렇다면 2016년 최고의 닭은?

정답: 순시리닭

주치의와의 대화

주치의: 국정운영 때문에 힘드시죠?

그네: 아뇨, 만족하고 있어요.

주치의: 요즘은 주로 무슨 일을 하시는데요?

그네: 문서에 싸인만 하고 있어요.

주치의: 지루하시겠군요.

그네: (혼자말로) 이 의사는 머리가 나쁘군. 매일 날짜가
바뀌는데 지루하긴 뭐가 지루해!

유체이탈 화법: 세금

그네: 나라에 돈이 없어 어려움이 많습니다.

십상시: 세금을 더 걷는 수밖에 없는 걸로 아뢰옵니다.

그네: 그렇게 하세요. 단, 증세는 안 됩니다!

유체이탈 화법: 공약 파기

그네: 노인들한테 매달 20만원씩 준다고 큰소리 쳤는데, 나라에 돈이 없으니 어쩌죠?

십상시: 소득으로 따져서 하위 70%만 주죠. 상위 30% 노인들까지 줄 필요가 있습니까?

그네: 그렇게 되면 내가 공약을 안 지킨 게 되는 거죠?

십상시: 지당하신 말씀이옵니다.

그네: 괜찮아요. 공약파기만 안하면 돼!

유체이탈 화법: 민영화

그네: 코레일 적자가 너무 많다면서요? 그건 다 경영을 방만하게 한 결과예요.

십상시: 지당하신 말씀이옵니다.

그네: 재벌이나 외국기업에 코레일을 넘겨주고 지들이 경영하라면 되겠네. 코레일 팔면 돈도 들어올 테고.

십상시: 과연 그렇사옵니다.

그네: 당장 시행하도록. 단, 민영화는 안 돼요!

불통국민

그네: 소통은 국민과 하는 것이지 불법과 하는 것은 아니죠?

십상시: 맞사옵니다.

그네: 종북세력은 국민이 아니에요.

십상시: 백 번 지당하신 말씀이옵니다! 오로지 가카를 지지하는 세력만이 100% 국민입니다.

그네: 그런데 뭐가 문제죠?

십상시: 예?

그네: 나더러 대국민 소통을 안 한다고 저 난리잖아요.

십상시: 저, 이젠 가카의 말귀를 알아들을 국민이 5%도 안 남아서요….

그네의 사랑가

　언론에 태블릿 피씨가 노출되었을 때 그네한테 순시리는:
희미한 옛 사랑의 그림자.

　검찰의 수사망의 좁혀올 때 그네한테 순시리는: 가까이
하기엔 너무나 먼 당신.

　혹시 순시리가 끝까지 모른다고 잡아떼면: 아직도 그대
는 내 사랑.

좋은 소식과 나쁜 소식

순시리와 문고리 삼인방에 대한 조사가 시작되자 조마조마할 수밖에 없는 그네.

아침 일찍 참모가 헐레벌떡 달려왔다.

"가카! 좋은 소식과 나쁜 소식이 있는데 어떤 것부터 말씀드릴까요?"

"좋은 소식부터 말해요."

"네, 순시리와 문고리 삼인방 모두 무죄로 풀려났습니다."

"대박! 그럼 나쁜 소식은?"

"대신 가카가 몽땅 독박을 쓰게 됐습니다."

여성 대통령의 사생활

　그네는 검찰조사에 버티기로 시간을 끌어보려고 변호인을 선임했다.

　변호인이 기자들에게 말했다.

　"대통령이기 전에 여성으로서의 사생활을 존중해야 합니다."

　술집에서 텔레비전으로 이 장면을 지켜본 사람들이 기가 차서 한 마디씩 했다.

　"대통령이 국정을 농단한 것과 사생활이 뭔 상관인데?"

　"보톡스가 문젠가?"

　"난 왠지 그 여성으로서의 사생활이라는 말이 좀?"

　그러자 이들의 대화를 듣고 있던 한 취객이 중얼거리며 하는 말,

　"남자고 여자고 아랫도리 문제는 건드리는 거 아냐."

그럴 줄 알았어요.

미국 대통령 선거가 끝났다.

예상을 뒤엎고 트럼프의 승리로 끝났다.

그네는 힐러리의 압도적 승리를 당연하게 여겼다.

그동안 여론 조사에서 항상 힐러리가 앞섰고 여타 언론도 힐러리의 압승을 예상했기 때문이었다.

미국 대선은 별로 신경을 쓰지도 않았다. 신경을 쓸 겨를도 없었다. 곧 탄핵을 당할 처지에 누굴 챙기고 자시고 할 여유조차 없었다. 그래서 개표결과가 예상을 빗나간 사실을 몰랐다.

그네는 당연히 힐러리가 이긴 줄만 알고 힐러리에게 전화를 걸었다. 누가 뭐래도 아직은 자신이 대통령이고 예의상 빈말로라도 축하는 해야 했다.

"어휴… 내가 진작 그렇게 될 줄 알았어요. 호호호…."

"홧?"

"저는 이미 알았다니까요. 앞으로 우리 두 사람 잘해 봐요."

힐러리는 기가 막혔다.

역전패를 당한 자신이 얼마나 못났으면 곧 탄핵으로 감방 갈 저런 것들까지도 이렇게 놀리나 싶어 펑펑 울고 싶었다.

그네는 트럼프에게도 전화를 했다. 과거 자신도 이명박에게 지고 얼마나 속이 상했는지 잘 알고 있었다.

"어휴, 어떡해요. 그렇게 될지는 알았지만서두… 막상…."

"오우, 땡큐. 땡큐!"

"그래요. 앞으로 더욱 잘 하시고…. 사람이 그래요… 그럴 때일수록 더욱 잘해야 되는 거예요… 제가 바빠서 이만 끊을게요."

하고 재빨리 수화기를 놓았다. 선거의 여왕으로서 패배자하고 길게 이야기하고 싶지 않았던 것이다.

취조실에서

검사: 직업은?

순시리: 무에서 유를 창조하는…

검사: 사기꾼이란 말이군. (조서를 들춰보면서) 많이도 해 먹었군.

순시리: 세상에 믿을 놈이 있어야지요.

검사: 이혼했다면서? 남편이 질릴 만도 하군.

순시리: 세상은 넓고 남자는 많아요.

검사: 살면서 제일 후회스러운 순간이 있다면?

순시리: 여기 잡혀올 때요.

세상에서 제일 안 좋은 바다

어떤 목사가 청와대를 방문했다.

마침 순시리도 와 있었다.

이날따라 분위기가 사뭇 심각했다.

목사는 두 여자를 웃겨볼 욕심에 미리 준비한 넌센스 퀴즈를 꺼냈다.

"세상에서 가장 차가운 바다는 어딘지 아십니까?

답은 '썰렁해' 입니다."

"…."

반응이 시원치 않자 목사가 다시 퀴즈를 냈다.

"그럼, 세상에서 가장 따뜻한 바다는 어디일까요?"

"…."

"그 곳은 '사랑해'입니다. 두 분의 마음이 항상 따뜻한 바다와 같이 사랑하는 마음이길 기도합니다."

기도를 마친 목사가 이번에는 그네한테 물었다.

"세상에서 제일 안 좋은 바다는 어디일까요?"

답은 '싫어해'였다.

그런데 그네와 순시리는 각각 다른 답을 내놓았는데,

그네: 하야 해.

순시리: (두 주먹을 불끈 쥐며) 아휴~ 열 바다!"

착한 어린이

순시리 딸내미는 초등학생 때부터 결석을 밥 먹듯이 했다.
급기야는 학교에서 연락이 왔다.

"계속 이러면 부득이 퇴학을 시킬 수밖에 없습니다."
"뭐, 감히 내 딸을 퇴학시켜? 이런 선생 같지도 않은 게!"
노발대발한 순시리는 학교를 한바탕 뒤집어놓고 돌아왔
는데,
아무래도 딸내미 앞날이 걱정돼서 자기가 아는 착한 어린

이 이야기를 들려주었다.

"그 애는 결석도 안 하고 공부를 아주 열심히 한다더라."

그러자 순시리 딸내미가 이해를 못하겠다는 듯 하는 말이,

"그 애는 엄마가 없대?"

횡단보도에서

순시리가 급히 횡단보도를 건너려고 하는데,
교통 봉사를 맡은 학생이 다가와 친절하게 말했다.
"제가 안전하게 건널 수 있도록 도와드릴게요."
"고맙다."
순시리는 학생의 호의가 가상해서 고개를 끄덕이며 걸음
을 옮겼다.
학생은 깜짝 놀라며 순시리를 말렸다.
"안 됩니다, 아직 빨간 불이거든요."
그런데 순시리는 갈 길이 급하다며 막무가내로 횡단보도
를 건너가려고 했다.
"빨간불일 때 건너면 위험해요!"
놀란 학생이 순시리를 붙잡았다.

그러자 순시리가 학생의 뒤통수를 냅다 치면서 이렇게
말했다.
"새꺄! 파란불일 땐 나 혼자서도 건널 수 있어!"

비비빅

아이스크림 중에서 비비빅을 제일 좋아하는 순시리.

하루는 곤하게 낮잠을 자고 있는데 문자 메시지가 왔다.

-지금 어디?

보나마나 엉태나 으택이 중 한 명일 거라 생각한 순시리가 답장을 보냈다.

-ㅋㅋ 집

곧바로 상대방으로부터 답장이 왔다.

-3시까지 가도 될까요?

-올 때 비비빅 ㅋㅋ

-웬 비비빅?

상대가 말귀를 못 알아듣자 화가 난 순시리가 문자로 물었다.

-넌 대체 뭐하는 놈이냐?

그러자 곧바로 답이 왔는데,

-나? 택배 기사다.

개: 초복

무더운 초복날,

문고리 삼인방이 땀을 뻘뻘 흘리며 소문난 보신탕집을
찾아갔다.

셋이서 이마의 땀을 닦으며 주문을 하려는 찰나,

주인 아주머니가 다가와서 물었다.

"세 분 다 개쥬?"

그러자 이들은 동시에 고개를 끄덕이며 대답했다.

"네!"

닭: 중복

무더운 중복날.

문고리 삼인방이 땀을 뻘뻘 흘리며 소문난 삼계탕집을 찾아갔다.

셋이서 이마의 땀을 닦으며 주문을 하려는 찰나.

주인 아주머니가 다가와서 물었다.

"세 분 다 닭이쥬?"

그러자 이들은 동시에 고개를 끄덕이며 대답했다.

"네."

개 혹은 닭: 말복

무더운 말복날.

문고리 삼인방이 땀을 뻘뻘 흘리며 소문난 영양탕집을
찾아갔다.

이 집은 메뉴에는 보신탕, 삼계탕 모두 있었다.

셋이서 이마의 땀을 닦으며 주문을 하려는 찰나.

주인 아주머니가 다가와서 물었다.

"세 분 어떻게?"

그러자 호성이가 대답했다.

"애는 닭, 애랑 나는 개유."

공짜

엉태와 으택이, 우병우가 중국음식점에서 점심을 먹으러 갔다.

마침 그 업소는 개업 기념일을 맞아 다음과 같은 안내문을 내걸고 있었다.

-오늘은 모두 공짜입니다

세 사람은 뭐든지 공짜라는 말에 각각 고급요리를 시켜 먹기로 하고,

팔보채와 난자완스, 그리고 유산슬을 주문했다.

세 사람이 뻔뻔스럽게 고급 요리만을 시키자 은근 부아가 난 주인장.

너무 손해를 본다는 느낌이 들어 조건을 달았다.

"뭐든지 공짜이긴 하지만 두 글자로 된 메뉴만 공짜예유."

그러자 엉태는 짜장을 시켰고 으택이는 짬뽕을 시켰는데,

셋 중 가장 욕심이 많은 우병우는 얼른 이렇게 말했다.

"탕슉!"

피사의 사탑에 대한 평가

기울어진 피사의 사탑을 보고 사람들이 한 마디씩 했다.

지질학자: 여기도 지진이 났었군!
육군 중령: 이거, 호크 미사일 공격을 받았군!
예술가: 피카소 같은 건축가가 세운 게 틀림없어!
건축가: 측량도 안 해 보고 세우다니!
기업가: 제법 돈벌이가 되겠는 걸!

한쪽에 있던 순시리네 패밀리가 하는 말,
"(우리도 그런 짓은 안한다는 듯 혀를 차며) 세상에… 어떤 놈이 …받침돌을 빼먹었네, 빼먹었어!"

제1조 1항: 대한민국은 순시리네 닭장 공화국이다.

2항: 대한민국의 주권은 국민에게 있지만 모든 권력은 순시리네서 나온다.

5장

순시리네 닭장 공화국

달라진 대한민국 헌법

제1조

　1항: 대한민국은 순시리네 닭장 공화국이다.

　2항: 대한민국의 주권은 국민에게 있지만 모든 권력은 순시리네서 나온다.

　　．

　　．

　　．

제3조: 순시리네 영토는 한반도와 그 부속도서로 한다.

I will be back　　　Pass!　　　언니!

터미네이터　전쟁머신　차미네이터　스포츠머신　정치머신

특허

순시리가 특허청에 특허를 신청했다.
제목은 '인간조종술'.
특허청 직원이 살펴보니
제목만 있고 아무런 내용이 없었다.

특허청 직원: 제목만 가지곤 접수가 안 됩니다.
순시리: 그럼 뭘 어떻게 하라고요?
특허청 직원: 내용과 사례 같은 걸 제시해야 합니다.
순시리: 아! 그거? 알았어.

순시리는 특허신청서를 다시 꼼꼼하게 작성해서 가져 왔다.
그런데 특허청 직원이 이를 받아보고는 벌떡 일어나 90 도로 고개를 숙였다.
내용 란엔 자신과 아버지가 어떤 인간에 대해 실시한 실 험이 조목조목 기재되어 있고, 성공 샘플 란엔 큼지막한 그 네 사진이 붙어 있었다.

뛰는 놈 위에 나는 놈

공자: 뛰는 놈은 나는 놈에게 머리 숙여 예의를 갖춰야
한다.

맹자엄마: 뛰는 놈보다 나는 놈이 사는 곳으로 이사해야
한다.

마르크스: 뛰는 놈은 나는 놈에게 먹히도록 되어 있다.

순시리: 뛰는 놈 위에 나는 놈 있고, 나는 놈 위에 내가
있도다.

티코

순시리는 평상시에도 으스대는 성격이라 자가용도 대대
대대형으로 몰고 다닌다.

집도 대형이지만, 심지어 독일에 호텔로 한 채 가지고 있
을 정도다.

뭐든 일단 대형을 좋아하지만 순시리도 여자다.

아기자기한 액세서리도 좋아해서 그네의 귀고리나 목걸
이도 곧잘 사주기도 한다.

그뿐이 아니라, 여러 작고 귀여운 것들을 모으는 취미도
가지고 있다.

그러던 어느 날, 대통령질에 물려 머리나 식히려고 야외
에 나왔는데 그만 좁은 농로에서 농부가 타는 가던 티코를
받아버리고 말았다.

농부가 수리비를 물어내라 바락바락 악을 썼다.

그러자 순시리는 아무 말도 않고 손가락으로 까딱까딱 농
부를 불렀다.

그러고는 대대대대형차 뒤로 농부를 데리고 가더니 트렁
크를 열고 진짜 티코 두 대를 조용히 꺼내 주는 것이었다.

순시리의 무당끼

한 신문사 기자가 순시리를 밀착취재하려고 따라 붙었다.

기자는 무슨 의혹이다 썰이다를 연일 쏟아내며 순시리를 괴롭혔다.

화가 난 순시리는 기자에게 짱돌을 던졌다.

그런데 자꾸 빗나가는게 아닌가.

아무리 던져도 이상하게 빗나가고 맞질 않았다.

더욱 화가 치민 순시리는 한꺼번에 10개를 던질 수 있는 기술을 익혀 던졌는데도

또 빗나가고 말았다.

화가 머리꼭지까지 오른 순시리,

"씨팔… 어우 …씨발… 왜케 빗나가는 거야…."

너무 약이 오르다못해 무당끼가 발동한 순시리는 비장의 한 수를 꺼내 들었다.

귀신과 접신을 하여 벼락을 때리기로 한 것.

"수구리당당 숭당당… 때려라 벼락!"

그런데 기자는 멀쩡한데 순시리가 벼락을 맞고 말았다.

순시리는 하늘에 대고 외쳤다.

"야~ 똑바로 못해… 다시 벼락!!!!"

근데 또 순시리가 맞고 온몸이 시꺼멓게 타버린 채로 꼬

꾸라졌다.

그때 하늘에서 들리는 말.

"아~~ 씨바, 왜케 자꾸 빗맞는 거야."

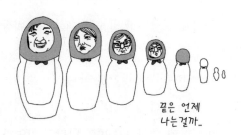

끝은 언제
나는걸까...

알지도 못하면서 까불어

순시리가 자동차를 타고 고속도로를 달리다 다른 차와 속도 경쟁이 붙었다.

"빨리 가, 빨리!"

남한테 지고는 못 사는 순시리는 운전기사를 닦달하기 시작했다.

그런데 아무리 따라잡으려고 해도 앞차에 밀리기만 했다.

화가 머리끝까지 오른 순시리는 교통경찰을 불렀다.

"저 차 잡아!"

교통경찰은 순시리가 시키는 대로 앞차에 딱지를 끊었다.

그러자 상대방은 자기만 적발된 것이 너무 억울해서 경찰관에게 따져 물었다.

"아니, 다른 차들도 다 속도위반인데 왜 나만 잡아요?"

"그게, 저."

경찰관이 우물쭈물하자 순시리가 상대방에게 물었다.

"당신 낚시 해봤어?"

"물론이죠."

그러자 태연한 얼굴로 순시리가 하는 말,

"그럼 당신은 낚시터에 있는 물고기를 한 번에 몽땅 잡을 수 있어?"

순진한 검사

국민 여론이 하나같이 그네의 하야를 외치는 상황,
검사가 순시리한테 물었다.
"대통령이 저렇게 버티는 이유는 뭐라고 생각합니까?"
그러자 순시리는 심드렁하게 대답했다.
"그건 언니 혼자 결정할 문제가 아니거든요."
"무슨 말인지 자세히 말해보시오."
검사는 혹시 다른 배후가 있는가 싶어 날카롭게 되물었
다.
이때 순시리가 탄식하며 내뱉는 말,
"하! 이 양반 참 답답하네. 당신 그렇게 속고도 모르겠어?
언니 혼자서 어떻게 하야를 하냐고?"

특기

검찰 조사과정에서 순시리는 무조건 모르쇠로 일관하며 버티기 작전으로 나갔다.

여론은 들끓는데 순시리가 하도 오리발을 내밀자 검찰의 체면도 구길 대로 구겼다.

심문을 해도 도무지 진도가 안 나가는 상황에서 검사가 별 의미 없는 물음을 던졌다.

"특기가 뭐예요?"

"특기요? 그게 뭐죠?"

순시리가 심드렁하게 물었다.

이건 몰라서 묻는 게 아니라 딱히 특기라고 내세울 만한 게 없기 때문이다.

검사는 그런 순시리에게 친절하게 설명을 덧붙였다.

"특기란 자신이 평소에 제일 잘할 수 있는 일을 말하죠."

그러자 순시리가 망설임 없이 대답했다.

"일인이역!"

오리발

검사: 당신이 연설문을 뜯어고치고 국정을 농단한 거 맞지?

순시리: 난 어쩌다 문서만 살짝 본 것뿐이에요.

검사: 그것만으로도 구속감이야.

(갑자기 순시리가 씹던 껌을 꿀꺽 삼킨다.)

순시리: 검사님은 제가 껌 씹는 걸 봤나요?

검사: 씹는 소린 들었죠.

순시리: 소리만 가지고 내 입에 뭐가 들었는지 어떻게 알아요?

검사: !!!!!!!

피해자가 불쌍할 때

순시리가 말 안 듣는 기업인들한테 협박하면서 '묻어버리 겠다'고 했다는 증언이 나왔다.

검사가 순시리에게 물었다.

검사: 돈을 뜯어내면서 양심의 가책을 조금도 못 느꼈나 요?

순시리: 양심의 가책은 모르겠고, 조금 불쌍하다고 생각 한 적은 있었죠.

검사: 그때가 언제였죠?

순시리: 현금이 없다며 카드 깡이라도 해달라고 할 때요.

내가 제일 잘 나가

도널드 트럼프가 미 대통령에 당선되자 세계가 깜놀했다.

트럼프를 지지하지 않던 미국인들도 놀라기는 마찬가지
였다.

이 세계적인 뉴스를 접한 한국의 국민들,

그 중에서도 최근 '박근혜 게이트'로 극심한 멘붕 상태에
빠져 있는 일부 국민들은

쓴웃음을 지으며 이렇게 중얼거렸다.

'트럼프를 대통령으로 만든 일등공신은 다름 아닌 한국
의 현 대통령이다!'

여자 대통령의 끝을 보려면
한국 대통령을 봐라!

언니, 미안해

선거전 막판에 트럼프가 힐러리를 공격하면서

"여성 대통령은 안 된다. 지금 코리아의 여성 대통령을 보라!"

어쩌고 열을 올렸기 때문이다.

그런데 이 말을 들은 순시리는 어이가 없다는 듯 콧방귀를 끼었다.

"무신 소리, 진짜 일등공신은 나야 바로 나!"

옥중일기

트럼프는 미 대통령 당선소감을 통해 이렇게 말했다.
"이제 미국은 흩어진 민심을 모아야 할 때이다!"
한편, 서울구치소에 수감되어 일기를 쓰던 순시리는
트럼프의 연설문을 보고 자못 심각한 표정을 지으며 이
렇게 썼다.
"이제 대한민국은 흩어진 우주의 기를 모아야 할 때다!"

니 똥 내 똥 가릴 처지가 돼야 말이지

연일 수백만 명이 대통령 하야를 외치는 급박한 사태에 가카께서 친히 국회에 납시어 간이라도 볼 겸 나름 묘안을 제시했다.

"국회가 총리를 추천한다면 국무총리한테 내각 통할권을 하사할까 하오만?"

이에 대해 야권의 원내 대표가 직격탄을 날렸으니,

"똥은 자기가 싸놓고 우리보고 치우라고 하면 되나?"

순시리가 감방에서 이 얘길 듣고 코웃음 치며 하는 말,

"것도 일이라고! 우린 자그마치 40년을 서로가 퍼지른 거 치워가며 살았는데."

사랑은 변하는 거야

 검찰조사가 시작된 후 순시리가 제일 궁금해 한 것은 대통령의 안부였다.

 첫날: 대통령님 건강은요?
 이후 순시리는 그녀가 대국민 사과를 발표했다는 소식을 듣고 회한의 눈물을 흘렸다.
 그러다 조사가 길어지면서 슬슬 불안해지기 시작한 순시리.

 일주일 후,
 순시리: 저 혹시 무기징역인가요?
 검사: 아마도?

숨겨왔던 나의~~

모발모발…

열흘 후,

순시리: 대통령이 하야를 했나요?

검사: 아니오.

2주일 후,

순시리: 대통령은 아직 그대론가요?

검사: 그렇소.

한 달이 지나도록 그네는 요지부동.

이제 꼼짝없이 모든 죄를 뒤집어쓰게 된 순시리가 악에

받쳐서 하는 말,

"지금 뭐하자는 거야. 빨랑 처 내려오지 않고!"

끝나도 끝난 게 아니다

순시리가 감옥을 갔다.

첫날부터 혹독한 신고식이 있었다.

"그네는 밤에 청와대서 잠만 자서 밤통령,

낮에는 순시리 네년이 대통령질을 해서 낮통령이라며?

어디 그 잘난 낯짝 좀 보여줘 봐!"

뒷목에 사마귀 문신을 그린 방장이 턱주가리를 움켜쥐고

조리돌림을 시켰다.

"니들이 이러고도 무사할 줄 알아!"

바락바락 악을 써대며 반항했지만 힘으로는 당해낼 재간

이 없는 순시리.

괜히 한 대씩 맞을 거 몇 대 더 맞고 나서야 풀려나는데,

뉴스가 시작되었기 때문이다.

감방에서도 저녁 7시 뉴스만은 시청이 가능하다.

재판은 끝났건만 순시리는 여전히 뉴스의 단골 주인공

이었다.

온 가족이 대한민국 비리란 비리엔 죄다 연관되었기 때

문에

충격적인 사건들이 속속 드러나고 있는 것.

"에라이 처 죽일 년!"

"꼴도 보기 싫으니까 찌그러져!"

동료들이 돌아가며 욕을 퍼부었다.

그날 순시리는 맞은 데 또 맞고 화장실 앞에서 눈물로 밤을 지새워야 했다.

감방 대필가 된 순시리

　하루는 방장이 순시리한테 일을 맡겼다.

　대통령 연설문까지 고쳐준 실력으로 자기 애인한테 편지를 써달라는 것이다.

　"당장 면회 안 오고는 못 배기게 감동적으루다 써봐."

　감방장의 요구에 순시리는 난감할 따름이다.

　문건에 감 놔라 배 놔라는 해봤어도 문장으로 완성할 만한 재주가 없는 것이다.

　그렇다고 사나운 방장한테 대들지도 못할 처지라

　하는 수 없이 편지를 써주었는데,

　'우리 사랑의 에너지가 낙엽이 돼서 거 뭐시냐 우주의 기를 너와 나의 온 몸에 두르고 모텔 창문에서 떨어지면 잠도 오지 않고 나는 너를 기다린다… 그러니까 에너지가 너와 나를 연결해서 교도소 앞마당에 민들레가… 그러니까 너를 기다린다….'

　방장이 그걸 읽어보고는 입이 떡 벌어져서 하는 말,

　"이게 글이면 파리가 새다, 이년아!"

쇼핑 왕 순시리

순시리 글 솜씨가 개판인 걸 알고 충격에 휩싸인 감방 식구들.

아무리 그래도 나라를 통으로 말아먹을 만큼 위세가 대단했으니

뭐라도 써먹을 데가 있지 않을까 싶었다.

방장은 궁리를 거듭하다 하나 떠오른 게 있었다.

순시리가 대통령 옷을 해 입혔다니,

다른 건 몰라도 패션 감각은 확실하겠지 싶었던 것이다.

며칠 있으면 방장 아버지 칠순이었다.

방장은 순시리가 운영하는 의상실에 아버지 칠순 선물에 보낼 옷을 주문하라고 시켰다.

얼마 후,

가족 면회를 나갔다 온 방장이 순시리 멱살을 잡고 길길이 뛰었다.

그러면서 하는 말이,

"순 날탱이 같은 년이 울 아부지한테 제비꼬랑지 달린 연미복을 보냈대!"

대리로 독방에 간 순시리

어느덧 감방생활에 이력이 붙은 순시리.
고참들이 보기에 잘하는 게 딱 하나 있었다.
그건 바로 연기력이 뛰어나다는 것.

어느 날 방장이 사고를 쳐서 독방 신세를 지게 되었다.
독방에 가면 제일 견디기 힘든 게 외로움이다.
지지고 볶더라도 동료들과 함께 있으면 시간이라도 잘
가는데,
독방에선 말할 상대도 들어줄 상대도 없기 때문이다.
방장은 이 일만큼은 순시리가 제격이라 믿고 대신 독방
에 가라고 시켰다.

대통령 대리까지 해본 순시리에게 방장 대리야 까준 껌
씹기나 마찬가지 아닌가.
즉시 방장의 트레이드마크인 사마귀 문신까지 그리고 독
방에 들어갔다.
이때도 방장은 순시리한테 결정적인 하자가 있다는 걸
몰랐다.
그 하자란 다름이 아니라,

바로 뭘 해도 드러나는 허술함이었다.

그로부터 몇 시간 후,

순시리가 교도관에게 머리채를 잡혀서 질질 끌려 들어왔다.

"이게 어디서 구라를 치고 지랄이야!"

교도관이 순시리를 바닥에 패대기를 치고 돌아갔다.

외모는 방장 비스무리하게 꾸몄는데,

사마귀 문신에 날개를 빼먹은 것이다.

앵벌이가 된 순시리

몇 번의 실수로 방장에게 미운털이 단단히 박힌 순시리.

어떻게든 상황을 만회해보려 애를 썼으나 도무지 기회가 주어지지 않았다.

그러던 어느 날, 사기범이 방장에게 말했다.

"순시리 저게 밖에서 삥 뜯고 돌아다닌 얘긴 들었죠?"

"들었지."

"이참에 우리가 그 비법 좀 써 먹자고요."

"오! 그럴까?"

둘이서 속닥거리더니 손가락을 까딱까딱하면서 순시리를 불렀다.

"감방에서도 삥 뜯기가 가능하냐?"

"그럼요! 감방은 사람 사는 곳 아닌가요?"

순시리는 이때다 싶어 입에 침을 튀겼다.

재소자들에게 삥 뜯을 때 필요한 기술 따위를 전수하려는 것이었다.

"일단 제가 시키는 대로만 하셔요."

신나게 열변을 토하려는 찰나,

방장이 순시리한테 이렇게 말했다.

"이게 엇다 대고 훈수 질이야? 니가 직접해, 이년아!"

양계장에 간 순시리

감방 시집살이에 시달리다보면 하루가 십년처럼 길게 느껴지기 마련이다.

그나마 교도소 내 노역장에 나가면서 좀 편해지려나 싶었다.

순시리가 담당한 노역은 양계장 닭 키우기였다.

닭은 순시리 전문 분야가 아니었던가.

교도소 직원들도 이 일만큼은 순시리가 누구보다 잘할 거라고 믿었다.

청와대 닭까지 키워본 실력으로 양계장 닭은 알아서 잘 보살필 거라 생각한 것이다.

그런데 이게 웬일인가.

우연히 순시리가 일하는 걸 목격한 직원들은 너무 놀라서 뒤로 자빠질 뻔했다.

"너 때문에 내가 이게 무슨 꼴이야! 차라리 죽어버려라! 이 닭대가리 같은 년아!"

순시리가 씩씩대면서 닭이란 닭은 죄다 모가지를 비틀어버렸던 것이다.

그 동안, 순시리는 그네 때문에 자신의 신세가 하루아침에 똥바가지가 되었다고 원망을 하다가 닭을 보자 그냥 미쳐버린 것이다.

능력자

 동료 재소자들 눈치가 보여 매일매일 불안에 떠는 순시
리.

 운동 시간에 행여 돌이라도 맞을까 겁이 나서 안절부절
하고 있는데,

 덩치가 장난 아니게 크고 인상이 사납게 생긴 한 고참이
이런 말을 했다.

 "암만 봐도 순시리가 능력자여."

 "사기꾼 도둑년보다 못한 년이지 능력자는 무슨!"

 다른 동료들은 이구동성으로 욕을 퍼붓는데 순시리는 솔
깃하지 않을 수 없다.

 그러자 그 고참이 하는 말,

 "순시리 년 덕분에 그네가 물러나게 생겼으니 능력자라
는겨."

세상에 이런 일이

순시리가 법원 최종판결에서 무기징역을 선고 받았다.

그런데 정작 순시리를 받아주는 감옥이 없었다.

대한민국 모든 교도소장들이 순시리라면 하나같이 혀를 내두르는 통에 교도 당국도 골머리가 아팠다.

할 수 없이 무인도로 유배를 보내버렸다.

10년 후.

사람들 머리에서 순시리가 잊혀질 무렵,

어느 신문사 기자가 그 섬으로 취재를 갔다가 놀라 까무러치고 말았다.

황폐했던 섬은 말들이 뛰노는 으리으리한 궁전이 되어 있었다.

알고 보니 어찌어찌하여 용왕님과 친분을 쌓은 순시리가 용궁을 제집처럼 드나들면서 우주의 기를 받아 이권에 개입하고 있었던 것.

사망진단서

온 국민의 성원에 힘입어 무인도에서 돌아온 순시리가 드디어 감방에 입성하게 되었다.

국민들은 순시리가 정권교체에 지대한 공을 세우고 또 그동안 국정을 돌보느라 애쓴 공로를 높이 치하하여 그의 쉴자리를 마련하였다.

여름엔 시원하고(영하 30도) 겨울엔 따뜻하게(영상 40도) 모시려고 아담한(0.2평) 독방을 마련하였다. 혹여 외부 암살자를 우려하여 철문을 걸어 닫고 용접으로 '단디' 단속하는 것도 잊지 않았다.

그러던 어느 날 순시리가 죽음을 맞이하였는데, 하필이면 교도 당국이 화장실 만들어주는 걸 깜박하는 바람에 자기가 싼 똥오줌에 빠져 익사한 것이다.

그리고 그의 사망진단서엔 똥독에 의한 '병사'로 기록되었다 한다.

실컷 비웃어준 뒤 유식하게 마무리하려고 순시리가 영어로 네버(NEVER)를 쳤다.

"NAVER(네이버), NAVER(네이버)!!!"

6장

하야가

도토리 키 재기

순시리와 엉태는 죽이 척척 잘 맞다가도 한 번 싸웠다 하면 끝장을 보고 말았다.

싸움의 원인은 주로 서로가 무식하다고 비웃기 때문.

이 날은 둘이 카톡을 하다가 싸움이 났다.

처음엔 그럭저럭 화기애애한 대화가 오갔다.

순시리: 엉태 너 기업가들 후리는 실력이 점점 늘더라?

엉태: ㅋㅋ 그런 걸 일치얼짱이라고 하지!

순시리: 야, 문자를 쓰려면 똑바로 써. 일취월장이지 창피하게 일치얼짱이 뭐냐?

엉태:(울컥해서)나도 알아! 누나가 나이 먹어서 잘 못 들은 거지.

순시리: 뭐? 너 죽을래? 한자도 수박 겁탈기로 아는 주제에.

엉태: 하이고! 수박 겉핥기도 모르면서 골이따분하게 나한테 일해라 절해라 잘난 척 좀 하지 마셔.

순시리: 너 나랑 해보자는 거야?

엉태: 해보긴 뭘 해 봐? 다신 안 만날 건데.

순시리: 진심이냐?

엉태: 그럼 마마잃은 중천금(남아일언 중천금)인데 한 입으로 두 말할까?

순시리: 에라이, 무식한 넘!

어디 가서 나 아는 척도 하지 마라. 알았어?

실컷 비웃어준 뒤 유식하게 마무리하려고 순시리가 영어로 네버(NEVER)를 쳤다.

"NAVER(네이버), NAVER(네이버)!!!"

송금

 순시리는 계좌추적을 피하려고 항상 현금만 뿌리고 다 녔다.

 하루는 어쩔 수 없이 똘마니 통장으로 직접 송금해야 될 일이 생겼다.

 순시리: 계좌번호 좀 불러봐라.

 똘마니: 1234 다시

 순시리: 그래, 다시

 똘마니: 567 다시

 순시리:(열이 뻗치는 걸 꾹 참고) 그래, 다시!

 똘마니: 89 다시….

 드디어 순시리는 화가 폭발하고 말았다.

 순시리: 야! 너 장난해?

 똘마니: 예?

 그러자 순시리가 하는 말,

 순시리: 처음부터 잘 불러야지 왜 자꾸 다시, 다시 하고 지랄이야! 똑바로 다시 불러, 새꺄!

그네가 폭발한 이유

검찰 조사를 앞두고 잔뜩 신경이 예민해져 있는 그네.
참모들이 기분전환을 할 겸 끝말잇기를 제안했다.

참모1: 한우!
그네:(한숨을 내쉬며) 우수…석

참모2: 석수!
그네: (심란하게) 수…은실
이때 눈치 없는 참모3이 '실형!'을 외치자 그네가 눈에서
레이저를 발사하며 하는 말,
"약 먹었어요?"

참모 1과 2가 겨우 사태를 수습하고 다시 게임을 시작
했다.

참모1: 맹구!
그네: (맥이 잔뜩 빠져서)구…속

참모2:(조심스럽게) 속사포!

그네:(짜증을 꾹 참고) 포탄

참모1과 2는 조마조마한 표정으로 참모3을 쳐다보는데,
참모3은: 탄…핵!을 길게 외쳤고,
그네가 발딱 일어나서 그를 노려보며 하는 말,
"새끼 아주 좋아죽네, 죽어!"

삼행시

　문고리 삼인방에 대한 검찰의 형식적인 청와대 수사가 여론의 도마에 올랐다.
　청와대에 들어갔다가 박스만 몇 개 들고 나간 날,
　그네는 매우 흡족하여 친히 삼행시를 읊었다.

박: 박스에 뭘 담아갔는지 궁금해?
근: 근데 그거 맹탕이라는데 내 손모가지를 건다.
혜: 헤헤헤~~

검찰에게 필요한 두가지.

1. 딴토마임

2. 도배기능사

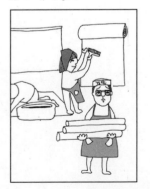

순시리가 이 글을 보고 조용히 펜을 들었는데,

박: 박박 우겨봤자 소용없어. 짜고 친 고스톱이라고 내가
이미 불었거든.

근: 근근이 시간 끌면서 버티는 것도 약기운 떨어지니까
한계가 있더라고.

혜: 혜롱거리지 말고 정신 좀 챙겨!

핑거

순시리가 병원에 갔다.

의사는 신경검사를 하기 위해 손가락 두 개를 펴고 물었다.

"이거 몇 개예요?"

"핑거 두 개."

"오! 영어 잘하시네요."

의사가 의외라는 듯 말했다.

그러자 순시리가 하는 말,

"맞잖아. 핑거 두 개, 구부링 거 세 개."

나도 피해자

순시리 게이트로 온 나라가 충격에 빠졌다.

이 와중에 스스로 최대의 피해자라고 주장하는 두 사람
이 있었으니,

그 중 한 사람은 이렇게 탄식하였다.

"여태까지 내가 순시리 말을 번역했다니!"

그리고 허탈해 하는 또 한 명,

"아! 내가 그동안 엉뚱한 년한테 들이댔구나….."

그는 바로 허경영이다.

드라마 좀 그만 봐

그네와 순시리가 낱말 맞추기 게임을 했다.

-조선시대에 가장 신분이 낮은 사람은?
정답은 '천민'이다.

순시리는 빈 칸에 자신 있게 답을 적었다.
-쇤네
그러자 그네가 순시리를 비웃으며 하는 말.
"너 드라마 좀 그만 봐."
그러고는 만년필을 꾹꾹 눌러서 이렇게 썼다.
-소인

물을 걸 물어야지

순시리는 언젠가 미국 대통령도 손아귀에 넣으려는 원대한 포부를 갖고 있었다.

그러던 어느 날,

우연히 어느 호텔 로비에서 미국 국회의원을 만났다.

순시리는 서툰 영어로 말을 걸었다.

하려던 말은 선거가 얼마나 자주 있느냐는 질문이었다.

'HOW OFTEN DO YOU HAVE ERECTION?'

그런데 'ELECTRON' 의 'L'을 'R' 로 잘못 발음하였다.

그러자 상대는 입이 떡 벌어져서 아무 말도 못했다.

순시리가 발음한 대로 풀이하자면 다음과 같이 물은 것이었다.

"발기는 얼마나 자주 하시나요?"

노골적 사례

돈이면 돈, 권력이면 권력, 뭐든 다 가진 순시리도 안 되
는 게 있었다.

그건 바로 이미 노화가 심각하게 진행된 시력 문제.

얼굴은 돈만 주면 얼마든지 뜯어고칠 수 있으나 시력만은
뜻대로 되지 않았다.

그러다 수술을 받고 간신히 실명 위기를 넘긴 순시리.

"그냥 넘어가면 예의가 아니지!"

큰맘 먹고 의사에게 사례를 하려고 야매 화가를 찾았다.

그리고 현재 자신의 기쁨을 가장 잘 표현할 수 있는 그림
을 주문했다.

며칠 후,

순시리가 보낸 그림을 받아본 의사는 뒤로 나자빠지고
말았다.

화면이 온통 수 천 개의 눈알로 채워진 것이었다.

이를 본 의사가 황당해서 하는 말,

"제기랄! 고쳐준 게 다른 부위면 어쩔 뻔했어!"

촛불을 끄는 법

손발이 잘려나간 상황에서 반대시위가 계속되자 청와대는 사면초가에 빠졌다.

그네가 난국을 타개할 인재를 찾고 있던 중,

마침 적임자가 나타났다.

그 이름은 감잔태.

"가카! 아무 염려 마십시오."

"왜, 무슨, 다른 방법이라도 있습니까?"

그네가 물었다.

"촛불은 바람 불면 꺼지게 돼 있지요."

잔태가 자신만만하게 말했다.

곰곰 생각할수록 그럴 듯한 방법이라 솔깃해진 그네.

밤새도록 신령님께 간절히 빌었다.

"부디 세찬 폭풍을 내려 촛불을 죄다 꺼주소서!"

그러자 신령님이 나타나서 하는 말,

"야, 저건 LED 촛불이잖아. 나도 잠 좀 자자, 엉!"

이모할머니

순시리가 구속된 후,
순드기는 딸과 함께 대책을 의논했다.

딸: 내가 잡히면 최소한 십년은 감옥에서 썩겠지?
순드기: 그럴 순 없지! 넌 싹 다 잡아떼고 무조건 이모가 시킨 일이라고만 해.
딸: 엄마도 이모가 시킨 거라고 말할 거지?
순드기: 이년아, 당연하지! 안 그러면 난 무기징역일지도 모르는데.

그러자 자는 줄 알았던 꼬마가 갑자기 울음을 터뜨렸다.
"어디 아프니? 왜 그래?"
모녀가 놀라서 물었더니 꼬마가 말했다.
"마음이 아파요."
"왜 마음이 아픈데?"
그러자 꼬마가 하는 말이,
"청와대 이모할머니는 그럼 감옥에서 얼마나 썩어야 돼요?"

황당한 답안

학창시절 소문난 비행소녀로 꼴찌를 도맡아했던 순시리 조카가 시험을 치렀다.

*다음 문제의 빈 칸에 알맞은 말을 채우시오.

문제: 내가 (00) 지금 당장 (00)은 못해도 (00)은 열심히 할 것이다

정답: 내가 (비록) 지금 당장 (일등)은 못돼도 (노력)은 계속할 것이다.

그런데 순시리 조카가 쓴 답을 본 선생님은 기함을 했다.

순시리 조카: 내가 (씨발) 지금 당장 (일진)은 못돼도 (쌈질)은 계속할 것이다.

비행기에서

순시리네 세 자매가 부산에 갈 일이 있었다.

그런데 좌석이 일반석밖에 없었다.

일단 비행기에 오른 세 여자.

무조건 넓고 편한 비즈니스 석에 자리를 잡고 앉았는데,

이를 발견한 스튜어디스가 정중하게 말했다.

"자리를 잘못 찾으셨군요. 제가 일반석으로 안내해드리겠습니다."

그러자 순시리가 티켓과 돈다발을 흔들면서 하는 말이,

"돈 줄게 표 바꿔 와."

"여기서 이러시면 안 됩니다."

"기장 나오라고 해!"

순시리가 막무가내로 우기는 통에 기내가 소란스러워지자, 옆자리에 앉은 남자가 뭐라고 조용히 말을 걸었다.

그러자 세 여자가 후다닥 일어나더니 짐을 챙겨 떠났다.

"뭐라고 하셨기에 저 분들이 그냥 가신 거예요?"

스튜어디스가 묻자 남자가 대답했다.

"그 여자 티켓을 보고 여긴 제주도 가는 자리라고 말해줬죠."

세계 어느 나라에도 없는 것

일본인 중에서는 세계적인 플레이보이가 없고,
독일인 중에서는 세계적인 코미디언이 없고,
미국인 중에서는 세계적인 철학자가 없고,
영국인 중에서는 세계적인 요리사가 없고,
한국인 중에서는 세계적인 지도자가 없다.

사람들이 이런 말을 하고 있었다.
그러자 순시리가 발끈해서 하는 말,
"대한민국은 대통령이 둘이나 되는데 꿀릴 게 뭐가 있
어?"

사람을 뭘로 보고

순시리가 휴대폰을 사러 백화점에 갔다.

매장 직원은 휴대폰과 함께 사용 설명서를 건네주었다.

"그냥 읽어줘."

"네?"

"글자가 작아서 안 보인다니까?"

순시리가 다짜고짜 명령조로 말하는 것에 기분이 언짢아
진 직원이 물었다.

"눈이 몇인데요?"

"뭐?"

"아니, 눈이 얼마냐고요?"

그러자 순시리가 직원을 잡아먹을 듯 노려보면서 하는
말,

"이거 미친 놈 아냐? 내가 여기 눈알 팔려고 왔겠니?"

그럴 줄 알고

순시리가 감옥에 잡혀가자 많던 직원들은 다 떠나고,
한 명 남은 비서가 면회를 왔다.
가족 외에는 누구도 믿지 않는 순시리.
이참에 상대를 시험해보려고 미끼를 던졌다.
순시리가 살던 집에는 텃밭이 있었다.
순시리는 비서에게 절대 그 텃밭은 건드려선 안 된다고
말했다.

비서는 순시리가 신신당부하자 속으로 음흉한 미소를 지
었다.
현금이든 금괴든 뭔가 중요한 걸 묻어놨다고 생각한 것
이다.
"어떡하죠? 벌써 수사관들이 들이닥쳐서 텃밭을 구석구
석 파헤쳤는데요."
비서는 얼른 돌아가서 보물을 차지할 욕심에 들떠서 거
짓말을 했다.
그럴 줄 알고 순시리가 하는 말,
"어떡하긴 뭘 어떡해, 새꺄. 언능 감자나 심어!"

첩첩산중

드디어 신참이 들어오는 날이다.

감방 막내로 살면서 온갖 설움을 다 겪었던 순시리.

와 이래 좋노 춤이라도 한판 추고 싶은 심정이다.

이젠 뺑끼통 옆자리 신세를 지지 않아도 되는 것이다.

들어오기만 해라.

감방 시집살이가 얼매나 매서운지 본때를 보여주고 말겠스.

어깨 힘 빡 주고 정자세로 앉아 시간 가기만을 기다리는데 복도 끝에서 철커덕,

철문 열리는 소리가 났다.

죽은 서방이 살아 돌아온대도 이렇게 반가울까나.

"미친 개돼지들처럼 으르렁대지 좀 말고 잘들 지내."

감방 문이 열리고 교도관이 뭐라뭐라 지시사항을 전달하는데,

모가지를 길게 빼고 그 뒷사람을 향해 눈알을 굴리는 순시리.

선글라스도 아닌 것이 얼굴 절반을 차지하는 안경부터가 거슬린다.

이윽고 교도관이 나가고,

신참이 다소곳한 배꼽인사로 '잘 부탁드립니다' 하고 고개를 들었고,

순시리도 이에 호응하여 '눈깔어 이 쌍년아!'라고 위엄 있게 받아쳤건만,

황당한 일이 벌어졌다.

갑자기 감방장이 용수철처럼 벌떡 튀어 일어난 것이다.

"란다 킴 언니 맞죠? 무기 같은 거 막 팔고, 약도 좀 하시고…."

울트라 수퍼 갑질 대마왕 란다 킴이 하필 이 방에 나타난 것이었다.

떨고 있는 순시리에게 란다 킴이 하는 말,

"넌 좀 꿇어야겠다."

감방 막내의 꿈은 사그리 무너져버린 순시리.

왕 언니가 꿇으라니 꿇는 수밖에.

하야는 대박

몇날 며칠 배신감에 치를 떨던 순시리는 마지막으로 그네
한테 편지를 썼다.

언니,
안 보는 동안 많이 컸더라.
내치외치하면서 미꾸라지처럼 빠져나가는 실력도 좀 늘
은 것 같고…
잘하면 선무당 사람 잡겠어ㅋㅋ

이상하지?
좁은 감방에 있어보니 뭐가 쫌 잘 들리고…
뭐랄까…
우리가 좋아하는 우주의 기운이 느껴져.
아직도 언니가 그 자리에 있는 건 히트다 히트…
막 그런 생각도 들고…

그네 언니야!
내가 양심적으루다 진짜 충고 하나 할게.
사람들이 아무리 닭닭거려도 이거 하나만 명심하면 더는

개망신은 없을 거야.

벽에 붙여놓고 매일 밤마다 외워 봐.

언니는 글쓰기 힘들어하니까 내가 대신 써 보낼게.

글구, 나…

졸라 외로워.

더 추워지기 전에 여기서 만났으면 좋겠다….

순시리가 옛 실력을 발휘하여 마지막으로 선사한 연설문
은 이렇게 시작된다.

-하야는 대박입니다.

알림

순시리가 백화점 주차장에 잠깐 차를 세워 놓고 볼일을 보고 왔다.

그런데 주차장에 돌아와 보니 비싼 외제차 문짝이 박살 나 있었다.

게다가 사람은 아무도 없고 와이퍼에 쪽지만 끼워져 있었다.

손을 부들부들 떨면서 쪽지를 읽어본 순시리는 그대로 뒤로 넘어가고 말았다.

쪽지의 내용은 다음과 같았다.

*알림.

1. 주차를 하려다 당신이 하도 개떡같이 차를 세워놓은 바람에 사고가 발생했음.

2. 목격자들이 지금 이 쪽지를 쓰고 있는 나를 쳐다보고 있음.

3. 그들은 분명 내가 이름과 연락처를 적고 있다고 생각할 거임.

4. 앞으로 이런 식으로 주차하지 마시압

그럼 이만….

알면서 뭘 물어?

순시리가 도피자금을 마련하러 급히 은행에 갔다
전표를 받아든 은행원은 황당한 표정을 지었다,
금액란에 '전부'라고 썼기 때문이다,
"손님, 이렇게 쓰시면 안 돼요."
은행원이 말했다.
그러자 순시리가 버럭 화를 냈다.
"은행원씩이나 돼서 뭐 이렇게 무식해!"
순시리는 씩씩대면서 금액란을 고치고는 다시 은행원에
게 주었다,
그러자 은행원은 입이 떡 벌어지고 말았다.

순시리가 고친 금액란에는 다음과 같이 적혀져
있었다,
-싹 다!

영어를 숫자로 배워서

통역 겸 비서를 데리고 미국 여행을 떠난 순시리.
관광지에서 공중 화장실에 들렀는데,
문 앞에 'GENTLEMAN'과 'LADIES'라고 표시되어 있었다.
비서는 글씨가 긴 것이 남자화장실이고,
글씨가 짧은 것은 여자화장실이라고 알려주었다.

그런데 다음 관광지에서 화장실에 갔던 순시리가 잔뜩 화
가 나서 나왔다.
"일 똑바로 못해!"
느닷없이 욕을 바가지로 먹은 비서가 화장실로 달려갔다.

그랬더니 이곳 화장실에는 'MAN'과 'WOMEN'이라고
적혀 있는 것이었다.

연쇄 방화범

　순시리네 패밀리는 각자 사는 집만 다를 뿐 한 구역에 모여 살았다.

　어느 날 동네 주유소에 못 보던 훈남 알바가 나타났다.

　영화배우 뺨치게 생긴 훈남은 여성운전자들에게 특히 인기가 많았다.

　순시리네 자매들은 물론 딸들도 이 주유소를 자주 찾았다.

　그러던 중 동네에 방화 사건이 일어났는데,

　훈남은 순시리네 패밀리를 방화범으로 경찰에 신고했다.

　경찰: 방화범으로 의심할 만한 무슨 증거가 있나?

　훈남: 그 여자들 아무래도 이상해요.

　경찰: 뭐가?

　훈남: 기름을 한꺼번에 넣지 않고 매일 돌아가면서 1리터씩만 넣고 간다니까요?

　이 말을 듣고 경찰관도 이상한 생각이 들었다.

　그리하여 순시리네 자매들과 딸들을 불러 조사를 시작했는데,

여자들이 이구동성으로 하는 말,

"아놔, 그 잘난 쉐키 얼굴 한 번 더 보려다 이게 무슨 개쪽이람!"

뚜껑 따위 필요 없어

한 어부가 바닷가에서 게를 잡고 있었다.

마침 지나가던 순시리 일행이 그 장면을 보게 되었다.

일행 중 한 사람은 초선의원이었다.

그가 어부의 바구니를 들여다보고는 이렇게 말했다.

"어부 양반! 바구니 뚜껑을 닫는 것이 좋겠소.

안 그러면 게들이 죄다 기어 나올 것 같은데."

그러나 어부는 뚜껑 따위는 필요 없다고 말했다.

"그러다 게들이 도망치려면 어쩌려고요?"

초선의원의 물음에 어부는 이렇게 대답했다.

"이 게들은 정치하는 놈들과 같소. 한 놈이 더 높이 기어
오르려고 하면 다른 놈들이 그놈을 끌어내린단 말이지."

초선의원이 당황하자 순시리가 코웃음 치며 하는 말,

"언제든 올라가고 싶으면 말만 해!"

심통도 정도껏

순시리가 진찰을 받으러 병원에 갔다.

의사가 물었다.

"어디가 아프십니까?"

"그런 건 돈 받고 진찰하는 의사가 알아서 찾아내야죠."

순시리는 늘 다른 병원에서 하던 대로 심통을 부렸다.

그런데 이번엔 잘못 걸렸다.

"아, 그럼 수의사에게 가보시죠."

"뭐라고요?"

의사가 출입문을 가리키면서 이렇게 말했다.

"물어보지 않고 진찰하는 사람은 수의사뿐이니까요."

갸가 너여?

　오래 전에 순시리는 착하게 살겠다고 매일같이 교회에 나가 기도했다.
　그러던 어느 날 하느님이 나타났다.
　"너의 정성이 갸륵하니 평생 축복을 내리겠노라."

　감옥에 있다 보니 문득 그때 일이 떠올라 억울한 생각이 들었다.
　순시리는 하늘을 향해 원망스럽게 외쳤다.
　"평생 축복해준다더니, 이건 약속이 틀리잖아요…."
　그러자 하느님이 다시 나타나더니 깜짝 놀라서 하는 말이,
　"잉? 갸가 진짜 너여?"
　그동안 하도 성형을 많이 해서 하느님도 순시리를 몰라 봤던 것이다.

귓속말

검찰조사를 거부하고 나서 여론이 더욱 더 악화되자 불안해진 그네.

매일 참모들과 머리를 맞대고 회의를 해봤자 별 뾰족한 수가 없다.

차라리 니들은 떠들어라 하고 수첩에 메모를 하는데….

대면조사 안 됨.

서면도 가위표.

검찰 특검 다 시러.

하야는 개뿔.

퇴진은 또 무슨 개소리….

"저, 드릴 말씀이…."

갑자기 보좌관 한 명이 다가와 은밀히 말을 건넨다.

하여 그네가 황급히 수첩을 닫고 고개를 살짝 뒤로 뺐더니 보좌관이 귓속말로 전한 말,

"순시리가 바로 따라 들어오시랍니다."

그네는 혹시 잘못 들었나 싶어 귓속말로 되묻기를,

"어디로?" 했더니 보좌관은 이렇게 말했다.

"○○구치소⋯."

난 이제 더 이상
그네가 아니예요.
그대 더 이상 망설이지
말아요

그로부터 많은 세월이 흘렀다.

강산이 몇 번 바뀌고 세상도 많이 변했다.

사람들은 대부분 그들을 기억에서 지워버렸다.

우리에게 그런 황당한 시절이 있었다는 사실을

지우지 않고는 부끄러움은 국민의 몫이라,

차마 인정도 부정도 할 수 없었던 까닭이다.

다만 누군가에는 사람이 오직 사람으로 사는 세

상이 비현실적인 꿈처럼 어색할지도 모르겠다.

언제부턴가 청와대 인근을 하염없이 배회하는 몽

롱한 눈빛의 사람들이 나타났다.

특별한 목적이 있는 것 같지도,

누굴 만나야 할 이유가 있는 것 같지도 않았다.

그들은 그저 망국의 폐족처럼 초라한 몰골로 청와대 담벼락에 우두커니 기대앉아 뭔가를 갈구하는 눈빛으로 마냥 푸른 하늘을 바라보고 있을 따름이었다.

"언니… 생각 나?"

"저도의 추억….."

"그때가 좋았는데…"

여전히 겁먹은 듯 눈알을 굴리며 연신 주위를 살피던 여인과,

그래도 한때는 누군가의 우상이었을 또 다른 여인의 대화 사이로 늙고 추레한 형상의 그림자 몇이 다가온다.

가카니 수석이니 참모니 뭐니 하는 호칭으로 보
아, 이미 오래 전 치욕적인 역사의 현장에서 지워
진 이름들이다.

그렇게 옹기종기 쪼그려 어둠의 향수에 취한 그
림자들 사이로 바람이 분다.
꺼져버린 촛불을 들고,
저 망령들은 대체 어디로 가는 것일까.

대한민국헌법 제1조 1항

대한民국은 순시리 공화국이다

초판 1쇄 인쇄 ┃ 2016년 12월 5일
초판 1쇄 발행 ┃ 2016년 12월 10일

지은이 ┃ 박그네
펴낸이 ┃ 김정동
펴낸 곳 ┃ 서교출판사
기 획 ┃ 김완수 편집 김예슬
마케팅 ┃ 유재영 신용천 김은경

등록번호 ┃ 제 10-1534호
등록일 ┃ 1991년 9월 12일
주소 ┃ 서울시 마포구 성지길 25-20 덕준빌딩 2F
전화번호 ┃ 3142-1471(대)
팩시밀리 ┃ 6499-1471
이메일 ┃ seokyodong1@naver.com
홈페이지 ┃ http://blog.naver.com/sk1book
ISBN ┃ 979-11-85889-30-6 03810

• 잘못된 책은 구입처에서 교환해 드립니다.
• 이 도서의 국립중앙도서관 출판예정도서목록(CIP)은 서지정보유통지원시스템 홈페이지(http://seoji.nl.go.kr)와
국가자료공동목록시스템(http://www.nl.go.kr/kolisnet)에서 이용하실 수 있습니다. (CIP제어번호: CIP2015027764)

서교출판사는 독자 여러분의 투고를 기다리고 있습니다. 국가 또는 사회 관련 풍자나 스토리가 있는 유머 등이 있으신 분은
seokyobooks@naver.com으로 보내 주세요. 채택된 분에게는 소정의 고료를 드립니다.